ÁGUA
VIVA

clarice

lispector

ÁGUA VIVA

POSFÁCIO DE
EUCANAÃ FERRAZ

Rocco

Texto posfácio de Eucanaã Ferraz

Direitos desta edição reservados à
EDITORA ROCCO LTDA.
Rua Evaristo da Veiga, 65 – 11º andar
Passeio Corporate – Torre 1
20031-040 – Rio de Janeiro, RJ
Tel.: (21) 3525-2000 – Fax: (21) 3525-2001
rocco@rocco.com.br | www.rocco.com.br

Printed in Brazil/Impresso no Brasil

Preparação de originais
Pedro Karp Vasquez

Projeto gráfico
Victor Burton e Anderson Junqueira

CIP-Brasil. Catalogação na publicação.
Sindicato Nacional dos Editores de Livros, RJ.

L753a Lispector, Clarice, 1920-1977
Água viva / Clarice Lispector. – 1. ed.
– Rio de Janeiro: Rocco, 2020.

Inclui posfácio
ISBN 978-65-5532-021-3
ISBN 978-65-5595-020-5 (e-book)

1. Ficção brasileira. I. Título.

20-65587 CDD-869.3
CDU-82-3(81)

Camila Donis Hartmann – Bibliotecária – CRB-7/6472

O texto deste livro obedece às normas
do Acordo Ortográfico da Língua Portuguesa.

Impressão e Acabamento: Coan Indústria Gráfica Ltda.

"Tinha que existir uma pintura totalmente livre da dependência da figura – o objeto – que, como a música, não ilustra coisa alguma, não conta uma história e não lança um mito. Tal pintura contenta-se em evocar os reinos incomunicáveis do espírito, onde o sonho se torna pensamento, onde o traço se torna existência."

— MICHEL SEUPHOR

É com uma alegria tão profunda. É uma tal aleluia. Aleluia, grito eu, aleluia que se funde com o mais escuro uivo humano da dor de separação mas é grito de felicidade diabólica. Porque ninguém me prende mais. Continuo com capacidade de raciocínio – já estudei matemática que é a loucura do raciocínio – mas agora quero o plasma – quero me alimentar diretamente da placenta. Tenho um pouco de medo: medo ainda de me entregar pois o próximo instante é o desconhecido. O próximo instante é feito por mim? ou se faz sozinho? Fazemo-lo juntos com a respiração. E com uma desenvoltura de toureiro na arena.

Eu te digo: estou tentando captar a quarta dimensão do instante-já que de tão fugidio não é mais porque agora tornou-se um novo instante-já que também não é mais. Cada coisa tem um instante em que ela é. Quero apossar-me do é da coisa. Esses instantes que decorrem no ar que respiro: em fogos de artifício eles espocam mudos no espaço. Quero possuir os átomos do tempo. E quero capturar o presente que pela sua própria natureza me é interdito: o presente me foge, a atualidade me escapa, a atualidade sou eu sempre no já. Só no ato do amor – pela límpida abstração de estrela do que se sente – capta-se a incógnita do instante que é duramente cristalina e vibrante no ar e a vida é esse instante incontável, maior que o acontecimento em si: no amor o instante de impessoal joia refulge no ar, glória estranha de corpo, matéria sensibilizada pelo arrepio dos instantes – e o que se sente é ao mesmo tempo que imaterial tão objetivo que acontece como fora do corpo, faiscante no alto, alegria, alegria é matéria de tempo e é por excelência o instante. E no instante está o é dele mesmo. Quero captar o meu é. E canto aleluia para o ar assim como faz o pássaro. E meu canto é de ninguém. Mas não há paixão sofrida em dor e amor a que não se siga uma aleluia.

Meu tema é o instante? meu tema de vida. Procuro estar a par dele, divido-me milhares de vezes em tantas vezes quanto os instantes que decorrem, fragmentária que sou e precários os momentos – só me comprometo com vida que nasça com o tempo e com ele cresça: só no tempo há espaço para mim.

Escrevo-te toda inteira e sinto um sabor em ser e o sabor-a-ti é abstrato como o instante. É também com o corpo todo que pinto os meus quadros e na tela fixo o incorpóreo, eu corpo a corpo comigo mesma. Não se compreende música: ouve-se. Ouve-me então com teu corpo inteiro. Quando vieres a me ler perguntarás por que não me restrinjo à pintura e às minhas exposições, já que escrevo tosco e sem ordem. É que agora sinto necessidade de palavras – e é novo para mim o que escrevo porque minha verdadeira palavra foi até agora intocada. A palavra é a minha quarta dimensão.

Hoje acabei a tela de que te falei: linhas redondas que se interpenetram em traços finos e negros, e tu, que tens o hábito de querer saber por que – e porque não me interessa, a causa é matéria de passado – perguntarás por que os traços negros e finos? é por causa do mesmo segredo que me faz escrever agora como se fosse a ti, escrevo redondo, enovelado e tépido, mas às vezes frígido como os instantes frescos, água do riacho que treme sempre por si mesma. O que pintei nessa tela é passível de ser fraseado em palavras? Tanto quanto possa ser implícita a palavra muda no som musical.

Vejo que nunca te disse como escuto música – apoio de leve a mão na eletrola e a mão vibra espraiando ondas pelo corpo todo: assim ouço a eletricidade da vibração, substrato último no domínio da realidade, e o mundo treme nas minhas mãos.

E eis que percebo que quero para mim o substrato vibrante da palavra repetida em canto gregoriano. Estou consciente de que tudo o que sei não posso dizer, só sei pintando ou pronunciando sílabas cegas de sentido. E se tenho aqui que usar-te palavras, elas têm que fazer um sentido quase que só corpóreo, estou em luta com a vibração última. Para te dizer o meu substrato faço uma frase de palavras feitas apenas dos instantes-já. Lê então o meu invento de pura vibração sem significado senão o de cada esfuziante sílaba, lê o que agora se segue: "com o correr dos séculos perdi o segredo do Egito, quando eu me movia em longitude, latitude e altitude com ação energética dos elétrons, prótons, nêutrons, no fascínio que é a palavra e a sua sombra". Isso que te escrevi é um desenho eletrônico e não tem passado ou futuro: é simplesmente já.

Também tenho que te escrever porque tua seara é a das palavras discursivas e não o direto de minha pintura. Sei que são primárias as minhas frases, escrevo com amor demais por elas e esse amor supre as faltas, mas amor demais prejudica os trabalhos. Este não é um livro porque não é assim que se escreve. O que escrevo é um só clímax? Meus dias são um só clímax: vivo à beira.

Ao escrever não posso fabricar como na pintura, quando fabrico artesanalmente uma cor. Mas estou tentando escrever-te com o corpo todo, enviando uma seta que se finca no ponto tenro e nevrálgico da palavra. Meu corpo incógnito te diz: dinossauros, ictiossauros e plessiossauros, com sentido apenas auditivo, sem que por isso se tornem palha seca, e sim úmida. Não pinto ideias, pinto o mais inatingível "para sempre". Ou "para nunca", é o mesmo. Antes de mais nada, pinto pintura. E antes de mais nada te escrevo dura escritura. Quero como poder pegar com a mão a palavra. A palavra é objeto? E aos instantes eu lhes tiro o sumo de fruta. Tenho que me destituir para alcançar cerne e semente de vida. O instante é semente viva.

A harmonia secreta da desarmonia: quero não o que está feito mas o que tortuosamente ainda se faz. Minhas desequilibradas palavras são o luxo de meu silêncio. Escrevo por acrobáticas e aéreas piruetas – escrevo por profundamente querer falar. Embora escrever só esteja me dando a grande medida do silêncio.

E se eu digo "eu" é porque não ouso dizer "tu", ou "nós" ou "uma pessoa". Sou obrigada à humildade de me personalizar me apequenando mas sou o és-tu.

Sim, quero a palavra última que também é tão primeira que já se confunde com a parte intangível do real. Ainda tenho medo de me afastar da lógica porque caio no instintivo e no direto, e no futuro: a invenção do hoje é o meu único meio de instaurar o futuro. Desde já é futuro, e qualquer hora é hora marcada. Que mal porém tem eu me afastar da lógica? Estou lidando com a matéria-prima. Estou atrás do que fica atrás do pensamento. Inútil querer me classificar: eu simplesmente escapulo não deixando, gênero não me pega mais. Estou num estado muito novo e verdadeiro, curioso de si mesmo, tão atraente e pessoal a ponto de não poder pintá-lo ou escrevê-lo. Parece com momentos que tive contigo, quando te amava, além dos quais não pude ir pois fui ao fundo dos momentos. É um estado de contato com a energia circundante e estremeço. Uma espécie de doida, doida harmonia. Sei que meu olhar deve ser o de uma pessoa primitiva que se entrega toda ao mundo, primitiva como os deuses que só admitem vastamente o bem e o mal e não querem conhecer o bem enovelado como em cabelos no mal, mal que é o bom.

Fixo instantes súbitos que trazem em si a própria morte e outros nascem – fixo os instantes de metamorfose e é de terrível beleza a sua sequência e concomitância.

Agora está amanhecendo e a aurora é de neblina branca nas areias da praia. Tudo é meu, então. Mal toco em alimentos, não quero me despertar para além do despertar do dia. Vou crescendo com o dia que ao crescer me mata certa vaga esperança e me obriga a olhar cara a cara o duro sol. A ventania sopra e desarruma os meus papéis. Ouço esse vento de gritos, estertor de pássaro aberto em oblíquo voo. E eu aqui me obrigo à severidade de uma linguagem tensa, obrigo-me à nudez de um esqueleto branco que está livre de humores. Mas o esqueleto é livre de vida e enquanto vivo me estremeço toda. Não conseguirei a nudez final. E ainda não a quero, ao que parece.

Esta é a vida vista pela vida. Posso não ter sentido mas é a mesma falta de sentido que tem a veia que pulsa.

Quero escrever-te como quem aprende. Fotografo cada instante. Aprofundo as palavras como se pintasse, mais do que um objeto, a sua sombra. Não quero perguntar por que, pode-se perguntar sempre por que e sempre continuar sem resposta: será que consigo me entregar ao expectante silêncio que se segue a uma pergunta sem resposta? Embora adivinhe que em algum lugar ou em algum tempo existe a grande resposta para mim.

E depois saberei como pintar e escrever, depois da estranha mas íntima resposta. Ouve-me, ouve o silêncio. O que te falo nunca é o que eu te falo e sim outra coisa. Capta essa coisa que me escapa e no entanto vivo dela e estou à tona de brilhante escuridão. Um instante me leva insensivelmente a outro e o tema atemático vai se desenrolando sem plano mas geométrico como as figuras sucessivas num caleidoscópio.

Entro lentamente na minha dádiva a mim mesma, esplendor dilacerado pelo cantar último que parece ser o primeiro. Entro lentamente na escrita assim como já entrei na pintura. É um mundo emaranhado de cipós, sílabas, madressilvas, cores e palavras – limiar de entrada de ancestral caverna que é o útero do mundo e dele vou nascer.

E se muitas vezes pinto grutas é que elas são o meu mergulho na terra, escuras mas nimbadas de claridade, e eu, sangue da natureza – grutas extravagantes e perigosas, talismã da Terra, onde se unem estalactites, fósseis e pedras, e onde os bichos que são doidos pela sua própria natureza maléfica procuram refúgio. As grutas são o meu inferno. Gruta sempre sonhadora com suas névoas, lembrança ou saudade? espantosa, espantosa, esotérica, esverdeada pelo limo do tempo. Dentro da caverna obscura tremeluzem pendurados os ratos com asas em forma de cruz dos morcegos. Vejo aranhas penugentas e negras. Ratos e ratazanas correm espantados pelo chão e pelas paredes. Entre as pedras o escorpião. Caranguejos, iguais a eles mesmos desde a pré-história, através de mortes e nascimentos, pareceriam bestas ameaçadoras se fossem do tamanho de um homem. Baratas velhas se arrastam na penumbra. E tudo isso sou eu. Tudo é pesado de sonho quando pinto uma gruta ou te escrevo sobre ela – de fora dela vem o tropel de dezenas de cavalos soltos a patearem com cascos secos as trevas, e do atrito dos cascos o júbilo se liberta em centelhas: eis-me, eu e a gruta, no tempo que nos apodrecerá.

Quero pôr em palavras mas sem descrição a existência da gruta que faz algum tempo pintei – e não sei como. Só repetindo o seu doce horror, caverna de terror e das maravilhas, lugar de almas aflitas, inverno e inferno, substrato imprevisível do mal que está dentro de uma terra que não é fértil. Chamo a gruta pelo seu nome e ela passa a viver com seu miasma. Tenho medo então de mim que sei pintar o horror, eu, bicho de cavernas ecoantes que sou, e sufoco porque sou palavra e também o seu eco.

Mas o instante-já é um pirilampo que acende e apaga, acende e apaga. O presente é o instante em que a roda do automóvel em alta velocidade toca minimamente no chão. E a parte da roda que ainda não tocou, tocará num imediato que absorve o instante presente e torna-o passado. Eu, viva e tremeluzente como os instantes, acendo-me e me apago, acendo e apago, acendo e apago. Só que aquilo que capto em mim tem, quando está sendo agora transposto em escrita, o desespero das palavras ocuparem mais instantes que um relance de olhar. Mais que um instante, quero o seu fluxo.

Nova era, esta minha, e ela me anuncia para já. Tenho coragem? Por enquanto estou tendo: porque venho do sofrido longe, venho do inferno de amor mas agora estou livre de ti. Venho do longe – de uma pesada ancestralidade. Eu que venho da dor de viver. E não a quero mais. Quero a vibração do alegre. Quero a isenção de Mozart. Mas quero também a inconsequência. Liberdade? é o meu último refúgio, forcei-me à liberdade e aguento-a não como um dom mas com heroísmo: sou heroicamente livre. E quero o fluxo.

Não é confortável o que te escrevo. Não faço confidências. Antes me metalizo. E não te sou e me sou confortável; minha palavra estala no espaço do dia. O que saberás de mim é a sombra da flecha que se fincou no alvo. Só pegarei inutilmente uma sombra que não ocupa lugar no espaço, e o que apenas importa é o dardo. Construo algo isento de mim e de ti – eis a minha liberdade que leva à morte.

Neste instante-já estou envolvida por um vagueante desejo difuso de maravilhamento e milhares de reflexos do sol na água que corre da bica na relva de um jardim todo maduro de perfumes, jardim e sombras que invento já e agora e que são o meio concreto de falar neste meu instante de vida. Meu estado é o de jardim com água correndo. Descrevendo-o tento misturar palavras para que o tempo se faça. O que te digo deve ser lido rapidamente como quando se olha.

Agora é dia feito e de repente de novo domingo em erupção inopinada. Domingo é dia de ecos – quentes, secos, e em toda a parte zumbidos de abelhas e vespas, gritos de pássaros e o longínquo das marteladas compassadas – de onde vêm os ecos de domingo? Eu que detesto domingo por ser oco. Eu que quero a coisa mais primeira porque é fonte de geração – eu que ambiciono beber água na nascente da fonte – eu que sou tudo isso, devo por sina e trágico destino só conhecer e experimentar os ecos de mim, porque não capto o mim propriamente dito. Estou numa expectativa estupefaciente, trêmula, maravilha, de costas para o mundo, e em alguma parte foge o inocente esquilo. Plantas, plantas. Fico dormitando no calor estivo do domingo que tem moscas voando em torno do açucareiro. Alarde colorido, o do domingo, e esplendidez madura. E tudo isso pintei há algum tempo e em outro domingo. E eis aquela tela antes virgem, agora coberta de cores maduras. Moscas azuis cintilam diante de minha janela aberta para o ar da rua entorpecida. O dia parece a pele esticada e lisa de uma fruta que numa pequena catástrofe os dentes rompem, o seu caldo escorre. Tenho medo do domingo maldito que me liquifica.

Para me refazer e te refazer volto a meu estado de jardim e sombra, fresca realidade, mal existo e se existo é com delicado cuidado. Em redor da sombra faz calor de suor abundante. Estou viva. Mas sinto que ainda não alcancei os meus limites, fronteiras com o quê? sem fronteiras, a aventura da liberdade perigosa. Mas arrisco, vivo arriscando. Estou cheia de acácias balançando amarelas, e eu que mal e mal comecei a minha jornada, começo-a com um senso de tragédia, adivinhando para que oceano perdido vão os meus passos de vida. E doidamente me apodero dos desvãos de mim, meus desvarios me sufocam de tanta beleza. Eu sou antes, eu sou quase, eu sou nunca. E tudo isso ganhei ao deixar de te amar.

Escrevo-te como exercício de esboços antes de pintar. Vejo palavras. O que falo é puro presente e este livro é uma linha reta no espaço. É sempre atual, e o fotômetro de uma máquina fotográfica se abre e imediatamente fecha, mas guardando em si o flash. Mesmo que eu diga "vivi" ou "viverei" é presente porque eu os digo já.

Comecei estas páginas também com o fim de preparar-me para pintar. Mas agora estou tomada pelo gosto das palavras, e quase me liberto do domínio das tintas: sinto uma voluptuosidade em ir criando o que te dizer. Vivo a cerimônia da iniciação da palavra e meus gestos são hieráticos e triangulares.

Sim, esta é a vida vista pela vida. Mas de repente esqueço o como captar o que acontece, não sei captar o que existe senão vivendo aqui cada coisa que surgir e não importa o que: estou quase livre de meus erros. Deixo o cavalo livre correr fogoso. Eu, que troto nervosa e só a realidade me delimita.

E quando o dia chega ao fim ouço os grilos e torno-me toda repleta e ininteligível. Depois vivo a madrugada azulada que vem com o seu bojo cheio de passarinhos – será que estou te dando uma ideia do que uma pessoa passa em vida? E cada coisa que me ocorra eu anoto para fixá-la. Pois quero sentir nas mãos o nervo fremente e vivaz do já e que me reaja esse nervo como buliçosa veia. E que se rebele, esse nervo de vida, e que se contorça e lateje. E que se derramem safiras, ametistas e esmeraldas no obscuro erotismo da vida plena: porque na minha escuridão enfim treme o grande topázio, palavra que tem luz própria.

Estou ouvindo agora uma música selvática, quase que apenas batuque e ritmo que vem de uma casa vizinha onde jovens drogados vivem o presente. Um instante mais de ritmo incessante, incessante, e acontece-me algo terrível.

É que passarei por causa do ritmo em seu paroxismo – passarei para o outro lado da vida. Como te dizer? É terrível e me ameaça. Sinto que não posso mais parar e me assusto. Procuro me distrair do medo. Mas há muito já parou o martelar real: estou sendo o incessante martelar em mim. Do qual tenho que me libertar. Mas não consigo: o outro lado de mim me chama. Os passos que ouço são os meus.

Como se arrancasse das profundezas da terra as nodosas raízes de árvore descomunal, é assim que te escrevo, e essas raízes como se fossem poderosos tentáculos como volumosos corpos nus de fortes mulheres envolvidas em serpentes e em carnais desejos de realização, e tudo isso é uma prece de missa negra, e um pedido rastejante de amém: porque aquilo que é ruim está desprotegido e precisa da anuência de Deus: eis a criação.

Será que passei sem sentir para o outro lado? O outro lado é uma vida latejantemente infernal. Mas há a transfiguração do meu terror: então entrego-me a uma pesada vida toda em símbolos pesados como frutas maduras. Escolho parecenças erradas mas que me arrastam pelo enovelado. Uma parte mínima de lembrança do bom senso de meu passado me mantém roçando ainda o lado de cá. Ajude-me porque alguma coisa se aproxima e ri de mim. Depressa, salva-me.

Mas ninguém pode me dar a mão para eu sair: tenho que usar a grande força – e no pesadelo em arranco súbito caio enfim de bruços no lado de cá. Deixo-me ficar jogada no chão agreste, exausta, o coração ainda pula doido, respiro às golfadas. Estou a salvo? enxugo a testa molhada. Ergo-me devagar, tento dar os primeiros passos de uma convalescença fraca. Estou conseguindo me equilibrar.

Não, isto tudo não acontece em fatos reais mas sim no domínio de – de uma arte? sim, de um artifício por meio do qual surge uma realidade delicadíssima que passa a existir em mim: a transfiguração me aconteceu.

Mas o outro lado, do qual escapei mal e mal, tornou-se sagrado e a ninguém conto o meu segredo. Parece-me que em sonho fiz no outro lado um juramento, pacto de sangue. Ninguém saberá de nada: o que sei é tão volátil e quase inexistente que fica entre mim e eu.

Sou um dos fracos? fraca que foi tomada por ritmo incessante e doido? se eu fosse sólida e forte nem ao menos teria ouvido o ritmo? Não encontro resposta: sou. É isto apenas o que me vem da vida. Mas sou o quê? a resposta é apenas: sou o quê. Embora às vezes grite: não quero mais ser eu!! mas eu me grudo a mim e inextricavelmente forma-se uma tessitura de vida.

Quem me acompanha que me acompanhe: a caminhada é longa, é sofrida mas é vivida. Porque agora te falo a sério: não estou brincando com palavras. Encarno-me nas frases voluptuosas e ininteligíveis que se enovelam para além das palavras. E um silêncio se evola sutil do entrechoque das frases.

Então escrever é o modo de quem tem a palavra como isca: a palavra pescando o que não é palavra. Quando essa não palavra – a entrelinha – morde a isca, alguma coisa se escreveu. Uma vez que se pescou a entrelinha, poder-se-ia com alívio jogar a palavra fora. Mas aí cessa a analogia: a não palavra, ao morder a isca, incorporou-a. O que salva então é escrever distraidamente.

Não quero ter a terrível limitação de quem vive apenas do que é passível de fazer sentido. Eu não: quero é uma verdade inventada.

O que te direi? te direi os instantes. Exorbito-me e só então é que existo e de um modo febril. Que febre: conseguirei um dia parar de viver? ai de mim, que tanto morro. Sigo o tortuoso caminho das raízes rebentando a terra, tenho por dom a paixão, na queimada de tronco seco contorço-me às labaredas. À duração de minha existência dou uma significação oculta que me ultrapassa. Sou um ser concomitante: reúno em mim o tempo passado, o presente e o futuro, o tempo que lateja no tique-taque dos relógios.

Para me interpretar e formular-me preciso de novos sinais e articulações novas em formas que se localizem aquém e além de minha história humana. Transfiguro a realidade e então outra realidade, sonhadora e sonâmbula, me cria. E eu inteira rolo e à medida que rolo no chão vou me acrescentando em folhas, eu, obra anônima de uma realidade anônima só justificável enquanto dura a minha vida. E depois? depois tudo o que vivi será de um pobre supérfluo.

Mas por enquanto estou no meio do que grita e pulula. E é sutil como a realidade mais intangível. Por enquanto o tempo é quanto dura um pensamento.

É de uma pureza tal esse contato com o invisível núcleo da realidade.

Sei o que estou fazendo aqui: conto os instantes que pingam e são grossos de sangue.

Sei o que estou fazendo aqui: estou improvisando. Mas que mal tem isto? improviso como no jazz improvisam música, jazz em fúria, improviso diante da plateia.

É tão curioso ter substituído as tintas por essa coisa estranha que é a palavra. Palavras – movo-me com cuidado entre elas que podem se tornar ameaçadoras; posso ter a liberdade de escrever o seguinte: "peregrinos, mercadores e pastores guiavam suas caravanas rumo ao Tibet e os caminhos eram difíceis e primitivos". Com esta frase fiz uma cena nascer, como num flash fotográfico.

O que diz este jazz que é improviso? diz braços enovelados em pernas e as chamas subindo e eu passiva como uma carne que é devorada pelo adunco agudo de uma águia que interrompe seu voo cego. Expresso a mim e a ti os meus desejos mais ocultos e consigo com as palavras uma orgíaca beleza confusa. Estremeço de prazer por entre a novidade de usar palavras que formam intenso matagal. Luto por conquistar mais profundamente a minha liberdade de sensações e pensamentos, sem nenhum sentido utilitário: sou sozinha, eu e minha liberdade. É tamanha a liberdade que pode escandalizar um primitivo mas sei que não te escandalizas com a plenitude que consigo e que é sem fronteiras perceptíveis. Esta minha capacidade de viver o que é redondo e amplo – cerco-me por plantas carnívoras e animais legendários, tudo banhado pela tosca e esquerda luz de um sexo mítico. Vou adiante de modo intuitivo e sem procurar uma ideia: sou orgânica. E não me indago sobre os meus motivos. Mergulho na quase dor de uma intensa alegria – e para me enfeitar nascem entre os meus cabelos folhas e ramagens.

Não sei sobre o que estou escrevendo: sou obscura para mim mesma. Só tive inicialmente uma visão lunar e lúcida, e então prendi para mim o instante antes que ele morresse e que perpetuamente morre. Não é um recado de ideias que te transmito e sim uma instintiva volúpia daquilo que está escondido na natureza e que adivinho. E esta é uma festa de palavras. Escrevo em signos que são mais um gesto que voz. Tudo isso é o que me habituei a pintar mexendo na natureza íntima das coisas. Mas agora chegou a hora de parar a pintura para me refazer, refaço-me nestas linhas. Tenho uma voz. Assim como me lanço no traço de meu desenho, este é um exercício de vida sem planejamento. O mundo não tem ordem visível e eu só tenho a ordem da respiração. Deixo-me acontecer.

Estou dentro dos grandes sonhos da noite: pois o agora-já é de noite. E canto a passagem do tempo: sou ainda a rainha dos medas e dos persas e sou também a minha lenta evolução que se lança como uma ponte levadiça num futuro cujas névoas leitosas já respiro hoje. Minha aura é mistério de vida. Eu me ultrapasso abdicando de mim e então sou o mundo: sigo a voz do mundo, eu mesma de súbito com voz única.

O mundo: um emaranhado de fios telegráficos em eriçamento. E a luminosidade no entanto obscura: esta sou eu diante do mundo.

Equilíbrio perigoso, o meu, perigo de morte de alma. A noite de hoje me olha com entorpecimento, azinhavre e visgo. Quero dentro desta noite que é mais longa que a vida, quero, dentro desta noite, vida crua e sangrenta e cheia de saliva. Quero a seguinte palavra: esplendidez, esplendidez é a fruta na sua suculência, fruta sem tristeza. Quero lonjuras. Minha selvagem intuição de mim mesma. Mas o meu principal está sempre escondido. Sou implícita. E quando vou me explicitar perco a úmida intimidade.

De que cor é o infinito espacial? é da cor do ar.

Nós – diante do escândalo da morte.

Ouve apenas superficialmente o que digo e da falta de sentido nascerá um sentido como de mim nasce inexplicavelmente vida alta e leve. A densa selva de palavras envolve espessamente o que sinto e vivo, e transforma tudo o que sou em alguma coisa minha que fica fora de mim. A natureza é envolvente: ela me enovela toda e é sexualmente viva, apenas isto: viva. Também eu estou truculentamente viva –

e lambo o meu focinho como o tigre depois de ter devorado o veado.

Escrevo-te na hora mesma em si própria. Desenrolo--me apenas no atual. Falo hoje – não ontem nem amanhã – mas hoje e neste próprio instante perecível. Minha liberdade pequena e enquadrada me une à liberdade do mundo – mas o que é uma janela senão o ar emoldurado por esquadrias? Estou asperamente viva. Vou embora – diz a morte sem acrescentar que me leva consigo. E estremeço em respiração arfante por ter que acompanhá-la. Eu sou a morte. É neste meu ser mesmo que se dá a morte – como te explicar? é uma morte sensual. Como morta ando por entre o capim alto na luz esverdeada das hastes: sou Diana a Caçadora de ouro e só encontro ossadas. Vivo de uma camada subjacente de sentimentos: estou mal e mal viva.

Mas esses dias de alto verão de danação sopram-me a necessidade de renúncia. Renuncio a ter um significado, e então o doce e doloroso quebranto me toma. Formas redondas e redondas se entrecruzam no ar. Faz calor de verão. Navego na minha galera que arrosta os ventos de um verão enfeitiçado. Folhas esmagadas me lembram o chão da infância. A mão verde e os seios de ouro – é assim que pinto a marca de Satã. Aqueles que nos temem e à nossa alquimia desnudavam feiticeiras e magos em busca da marca recôndita que era quase sempre encontrada embora só se soubesse dela pelo olhar pois esta marca era indescritível e impronunciável mesmo no negrume de uma Idade Média – Idade Média, és a minha escura subjacência e ao clarão das fogueiras os marcados dançam em círculos cavalgando galhos e folhagens que são o símbolo fálico da fertilidade: mesmo nas missas brancas usa-se o sangue e este é bebido.

Escuta: eu te deixo ser, deixa-me ser então.

Mas eternamente é palavra muito dura: tem um "t" granítico no meio. Eternidade: pois tudo o que é nunca começou. Minha pequena cabeça tão limitada estala ao pensar em alguma coisa que não começa e não termina – porque assim é o eterno. Felizmente esse sentimento dura pouco porque eu não aguento que demore e se permanecesse levaria ao desvario. Mas a cabeça também estala ao imaginar o contrário: alguma coisa que tivesse começado – pois onde começaria? E que terminasse – mas o que viria depois de terminar? Como vês, é-me impossível aprofundar e apossar-me da vida, ela é aérea, é o meu leve hálito. Mas bem sei o que quero aqui: quero o inconcluso. Quero a profunda desordem orgânica que no entanto dá a pressentir uma ordem subjacente. A grande potência da potencialidade. Estas minhas frases balbuciadas são feitas na hora mesma em que estão sendo escritas e crepitam de tão novas e ainda verdes. Elas são o já. Quero a experiência de uma falta de construção. Embora este meu texto seja todo atravessado de ponta a ponta por um frágil fio condutor – qual? o do mergulho na matéria da palavra? o da paixão? Fio luxurioso, sopro que aquece o decorrer das sílabas. A vida mal e mal me escapa embora me venha a certeza de que a vida é outra e tem um estilo oculto.

Este texto que te dou não é para ser visto de perto: ganha sua secreta redondez antes invisível quando é visto de um avião em alto voo. Então adivinha-se o jogo das ilhas e veem-se canais e mares. Entende-me: escrevo-te uma onomatopeia, convulsão da linguagem. Transmito-te não uma história mas apenas palavras que vivem do som. Digo-te assim:

"Tronco luxurioso."

E banho-me nele. Ele está ligado à raiz que penetra em nós na terra. Tudo o que te escrevo é tenso. Uso palavras soltas que são em si mesmas um dardo livre: "selvagens, bárbaros, nobres decadentes e marginais". Isto te diz alguma coisa? A mim fala.

Mas a palavra mais importante da língua tem uma única letra: é. É.

Estou no seu âmago.

Ainda estou.

Estou no centro vivo e mole.

Ainda.

Tremeluz e é elástico. Como o andar de uma negra pantera lustrosa que vi e que andava macio, lento e perigoso. Mas enjaulada não – porque não quero. Quanto ao imprevisível – a próxima frase me é imprevisível. No âmago onde estou, no âmago do É, não faço perguntas. Porque quando é – é. Sou limitada apenas pela minha identidade. Eu, entidade elástica e separada de outros corpos.

Na verdade ainda não estou vendo bem o fio da meada do que estou te escrevendo. Acho que nunca verei – mas admito o escuro onde fulgem os dois olhos da pantera macia. A escuridão é o meu caldo de cultura. A escuridão feérica. Vou te falando e me arriscando à desconexão: sou subterraneamente inatingível pelo meu conhecimento.

Escrevo-te porque não me entendo.

Mas vou me seguindo. Elástica. É um tal mistério essa floresta onde sobrevivo para ser. Mas agora acho que vai mesmo. Isto é: vou entrar. Quero dizer: no mistério. Eu mesma misteriosa e dentro do âmago em que me movo nadando, protozoário. Um dia eu disse infantilmente: eu posso tudo. Era a antevisão de poder um dia me largar e cair num abandono de qualquer lei. Elástica. A profunda alegria: o êxtase secreto. Sei como inventar um pensamento. Sinto o alvoroço da novidade. Mas bem sei que o que escrevo é apenas um tom.

Nesse âmago tenho a estranha impressão de que não pertenço ao gênero humano.

Há muita coisa a dizer que não sei como dizer. Faltam as palavras. Mas recuso-me a inventar novas: as que existem já devem dizer o que se consegue dizer e o que é proibido. E o que é proibido eu adivinho. Se houver força. Atrás do pensamento não há palavras: é-se. Minha pintura não tem palavras: fica atrás do pensamento. Nesse terreno do é-se sou puro êxtase cristalino. É-se. Sou-me. Tu te és.

E sou assombrada pelos meus fantasmas, pelo que é mítico, fantástico e gigantesco: a vida é sobrenatural. E caminho segurando um guarda-chuva aberto sobre corda tensa. Caminho até o limite do meu sonho grande. Vejo a fúria dos impulsos viscerais: vísceras torturadas me guiam. Não gosto do que acabo de escrever – mas sou obrigada a aceitar o trecho todo porque ele me aconteceu. E respeito muito o que eu me aconteço. Minha essência é inconsciente de si própria e é por isso que cegamente me obedeço.

Estou sendo antimelódica. Comprazo-me com a harmonia difícil dos ásperos contrários. Para onde vou? e a resposta é: vou.

Quando eu morrer então nunca terei nascido e vivido: a morte apaga os traços de espuma do mar na praia.

Agora é um instante.

Já é outro agora.

E outro. Meu esforço: trazer agora o futuro para já. Movo-me dentro de meus instintos fundos que se cumprem às cegas. Sinto então que estou nas proximidades de fontes, lagoas e cachoeiras, todas de águas abundantes. E eu livre.

Ouve-me, ouve meu silêncio. O que falo nunca é o que falo e sim outra coisa. Quando digo "águas abundantes" estou falando da força de corpo nas águas do mundo. Capta essa outra coisa de que na verdade falo porque eu mesma não posso. Lê a energia que está no meu silêncio. Ah tenho medo do Deus e do seu silêncio.

Sou-me.

Mas há também o mistério do impessoal que é o "it": eu tenho o impessoal dentro de mim e não é corrupto e apodrecível pelo pessoal que às vezes me encharca: mas seco-me ao sol e sou um impessoal de caroço seco e germinativo. Meu pessoal é húmus na terra e vive do apodrecimento. Meu "it" é duro como uma pedra-seixo.

A transcendência dentro de mim é o "it" vivo e mole e tem o pensamento que uma ostra tem. Será que a ostra quando arrancada de sua raiz sente ansiedade? Fica inquieta na sua vida sem olhos. Eu costumava pingar limão em cima da ostra viva e via com horror e fascínio ela contorcer-se toda. E eu estava comendo o it vivo. O it vivo é o Deus.

Vou parar um pouco porque sei que o Deus é o mundo. É o que existe. Eu rezo para o que existe? Não é perigoso aproximar-se do que existe. A prece profunda é uma meditação sobre o nada. É o contato seco e elétrico consigo, um consigo impessoal.

Não gosto é quando pingam limão nas minhas profundezas e fazem com que eu me contorça toda. Os fatos da vida são o limão na ostra? Será que a ostra dorme?

Qual é o elemento primeiro? logo teve que ser dois para haver o secreto movimento íntimo do qual jorra leite.

Disseram-me que a gata depois de parir come a própria placenta e durante quatro dias não come mais nada. Só depois é que toma leite. Deixa-me falar puramente em amamentar. Fala-se na subida do leite. Como? E não adiantaria explicar porque a explicação exige uma outra explicação que exigiria uma outra explicação e que se abriria de novo para o mistério. Mas sei de coisas it sobre amamentar criança.

Estou respirando. Para cima e para baixo. Para cima e para baixo. Como é que a ostra nua respira? Se respira não vejo. O que não vejo não existe? O que mais me emociona é que o que não vejo contudo existe. Porque então tenho aos meus pés todo um mundo desconhecido que existe pleno e cheio de rica saliva. A verdade está em alguma parte: mas inútil pensar. Não a descobrirei e no entanto vivo dela.

O que te escrevo não vem de manso, subindo aos poucos até um auge para depois ir morrendo de manso. Não: o que te escrevo é de fogo como olhos em brasa.

Hoje é noite de lua cheia. Pela janela a lua cobre a minha cama e deixa tudo de um branco leitoso azulado. O luar é canhestro. Fica do lado esquerdo de quem entra. Então fujo fechando os olhos. Porque a lua cheia é de uma insônia leve: entorpecida e dormente como depois do amor. E eu tinha resolvido que ia dormir para poder sonhar, estava com saudade das novidades do sonho.

Então sonhei uma coisa que vou tentar reproduzir. Trata-se de um filme que eu assistia. Tinha um homem que imitava artista de cinema. E tudo o que esse homem fazia era por sua vez imitado por outros e outros. Qualquer gesto. E havia a propaganda de uma bebida chamada Zerbino. O homem pegava a garrafa de Zerbino e levava-a à boca. Então todos pegavam uma garrafa de Zerbino e levavam-na à boca. No meio o homem que imitava artista de cinema dizia: este é um filme de propaganda de Zerbino e Zerbino na verdade não presta. Mas não era o final. O homem retomava a bebida e bebia. E assim faziam todos: era fatal. Zerbino era uma instituição mais forte que o homem. As mulheres a essa altura pareciam aeromoças. As aeromoças são desidratadas – é preciso acrescentar-lhes ao pó bastante água para se tornarem leite. É um filme de pessoas automáticas que sabem aguda e gravemente que são automáticas e que não há escapatória. O Deus não é automático: para Ele cada instante é. Ele é it.

Mas há perguntas que me fiz em criança e que não foram respondidas, ficaram ecoando plangentes: o mundo se fez sozinho? Mas se fez onde? em que lugar? E se foi através da energia de Deus – como começou? será que é como agora quando estou sendo e ao mesmo tempo me fazendo? É por esta ausência de resposta que fico tão atrapalhada.

Mas 9 e 7 e 8 são os meus números secretos. Sou uma iniciada sem seita. Ávida do mistério. Minha paixão pelo âmago dos números, nos quais adivinho o cerne de seu próprio destino rígido e fatal. E sonho com luxuriantes grandezas aprofundadas em trevas: alvoroço da abundância, onde as plantas aveludadas e carnívoras somos nós que acabamos de brotar, agudo amor – lento desmaio.

Será que isto que estou te escrevendo é atrás do pensamento? Raciocínio é que não é. Quem for capaz de parar de raciocinar – o que é terrivelmente difícil – que me acompanhe. Mas pelo menos não estou imitando artista de cinema e ninguém precisa me levar à boca ou tornar-se aeromoça.

Vou te fazer uma confissão: estou um pouco assustada. É que não sei aonde me levará esta minha liberdade. Não é arbitrária nem libertina. Mas estou solta.

De vez em quando te darei uma leve história – ária melódica e cantabile para quebrar este meu quarteto de cordas: um trecho figurativo para abrir uma clareira na minha nutridora selva.

Estou livre? Tem qualquer coisa que ainda me prende. Ou prendo-me a ela? Também é assim: não estou toda solta por estar em união com tudo. Aliás uma pessoa é tudo. Não é pesado de se carregar porque simplesmente não se carrega: é-se o tudo.

Parece-me que pela primeira vez estou sabendo das coisas. A impressão é que só não vou mais até as coisas para não me ultrapassar. Tenho certo medo de mim, não sou de confiança, e desconfio do meu falso poder.

Este é a palavra de quem não pode.

Não dirijo nada. Nem as minhas próprias palavras. Mas não é triste: é humildade alegre. Eu, que vivo de lado, sou à esquerda de quem entra. E estremece em mim o mundo.

Esta palavra a ti é promíscua? Gostaria que não fosse, eu não sou promíscua. Mas sou caleidoscópica: fascinam-

-me as minhas mutações faiscantes que aqui caleidoscopicamente registro.

Vou agora parar um pouco para me aprofundar mais. Depois eu volto.

Voltei. Fui existindo. Recebi uma carta de S. Paulo de pessoa que não conheço. Carta derradeira de suicida. Telefonei para São Paulo. O telefone não respondia, tocava e tocava e soava como num apartamento em silêncio. Morreu ou não morreu. Hoje de manhã telefonei de novo: continuava a não responder. Morreu, sim. Nunca esquecerei.

Não estou mais assustada. Deixa-me falar, está bem? Nasci assim: tirando do útero de minha mãe a vida que sempre foi eterna. Espera por mim – sim? Na hora de pintar ou escrever sou anônima. Meu profundo anonimato que nunca ninguém tocou.

Tenho uma coisa importante para te dizer. É que não estou brincando: it é elemento puro. É material do instante do tempo. Não estou coisificando nada: estou tendo o verdadeiro parto do it. Sinto-me tonta como quem vai nascer.

Nascer: já assisti gata parindo. Sai o gato envolto num saco de água e todo encolhido dentro. A mãe lambe tantas vezes o saco de água que este enfim se rompe e eis um gato quase livre, preso apenas pelo cordão umbilical. Então a gata-mãe-criadora rompe com os dentes esse cordão e aparece mais um fato no mundo. Este processo é it. Não estou brincando. Estou grave. Porque estou livre. Sou tão simples.

Estou dando a você a liberdade. Antes rompo o saco de água. Depois corto o cordão umbilical. E você está vivo por conta própria.

E quando nasço, fico livre. Esta é a base de minha tragédia.

Não. Não é fácil. Mas "é". Comi minha própria placenta para não precisar comer durante quatro dias. Para ter leite para te dar. O leite é um "isto". E ninguém é eu. Ninguém é você. Esta é a solidão.

Estou esperando a próxima frase. É questão de segundos. Falando em segundos pergunto se você aguenta que o tempo seja hoje e agora e já. Eu aguento porque comi a própria placenta.

Às três e meia da madrugada acordei. E logo elástica pulei da cama. Vim te escrever. Quer dizer: ser. Agora são cinco e meia da manhã. De nada tenho vontade: estou pura. Não te desejo esta solidão. Mas eu mesma estou na obscuridade criadora. Lúcida escuridão, luminosa estupidez.

Muita coisa não posso te contar. Não vou ser autobiográfica. Quero ser "bio".

Escrevo ao correr das palavras.

Antes do aparecimento do espelho a pessoa não conhecia o próprio rosto senão refletido nas águas de um lago. Depois de certo tempo cada um é responsável pela cara que tem. Vou olhar agora a minha. É um rosto nu. E quando penso que inexiste um igual ao meu no mundo, fico de susto alegre. Nem nunca haverá. Nunca é o impossível. Gosto de nunca. Também gosto de sempre. Que há entre nunca e sempre que os liga tão indiretamente e intimamente?

No fundo de tudo há a aleluia.

Este instante é. Você que me lê é.

Custa-me crer que eu morra. Pois estou borbulhante numa frescura frígida. Minha vida vai ser longuíssima porque cada instante é. A impressão é que estou por nascer e não consigo.

Sou um coração batendo no mundo.

Você que me lê que me ajude a nascer.

Espere: está ficando escuro. Mais.

Mais escuro.

O instante é de um escuro total.

Continua.

Espere: começo a vislumbrar uma coisa. Uma forma luminescente. Barriga leitosa com umbigo? Espere – pois sairei desta escuridão onde tenho medo, escuridão e êxtase. Sou o coração da treva.

O problema é que na janela de meu quarto há um defeito na cortina. Ela não corre e não se fecha portanto. Então a lua cheia entra toda e vem fosforescer de silêncios o quarto: é horrível.

Agora as trevas vão se dissipando.

Nasci.

Pausa.

Maravilhoso escândalo: nasço.

Estou de olhos fechados. Sou pura inconsciência. Já cortaram o cordão umbilical: estou solta no universo. Não penso mas sinto o it. Com olhos fechados procuro cegamente o peito: quero leite grosso. Ninguém me ensinou a querer. Mas eu já quero. Fico deitada com olhos abertos a ver o teto. Por dentro é a obscuridade. Um eu que pulsa já se forma. Há girassóis. Há trigo alto. Eu é.

Ouço o ribombo oco do tempo. É o mundo surdamente se formando. Se eu ouço é porque existo antes da formação do tempo. "Eu sou" é o mundo. Mundo sem tempo. A minha consciência agora é leve e é ar. O ar não tem lugar nem época. O ar é o não lugar onde tudo vai existir. O que estou escrevendo é música do ar. A formação do mundo. Pouco a pouco se aproxima o que vai ser. O que vai ser já é. O futuro é para a frente e para trás e para os lados. O futuro é o que sempre existiu e sempre existirá. Mesmo que seja abolido o Tempo? O que estou te escrevendo não é para se ler – é para se ser. A trombeta dos anjos-seres ecoa no sem tempo. Nasce no ar a primeira flor. Forma-se o chão que é terra. O resto é ar e o resto é lento fogo em perpétua mutação. A palavra "perpétua" não existe porque não existe o tempo? Mas existe o ribombo. E a existência minha começa a existir. Começa então o tempo?

Ocorreu-me de repente que não é preciso ter ordem para viver. Não há padrão a seguir e nem há o próprio padrão: nasço.

Ainda não estou pronta para falar em "ele" ou "ela". Demonstro "aquilo". Aquilo é lei universal. Nascimento e morte. Nascimento. Morte. Nascimento e – como uma respiração do mundo.

Eu sou puro it que pulsava ritmadamente. Mas sinto que em breve estarei pronta para falar em ele ou ela. História não te prometo aqui. Mas tem it. Quem suporta? It é mole e é ostra e é placenta. Não estou brincando pois não sou um sinônimo – sou o próprio nome. Há uma linha de aço atravessando isto tudo que te escrevo. Há o futuro. Que é hoje mesmo.

Minha noite vasta passa-se no primário de uma latência. A mão pousa na terra e escuta quente um coração a pulsar. Vejo a grande lesma branca com seios de mulher: é ente humano? Queimo-a em fogueira inquisitorial. Tenho o misticismo das trevas de um passado remoto. E saio dessas torturas de vítima com a marca indescritível que simboliza a vida. Cercam-me criaturas elementares, anões, gnomos, duendes e gênios. Sacrifico animais para colher-lhes o sangue de que preciso para minhas cerimônias de sortilégio. Na minha sanha faço a oferenda da alma no seu próprio negrume. A missa me apavora – a mim que a executo. E a turva mente domina a matéria. A fera arreganha os dentes e galopam no longe do ar os cavalos dos carros alegóricos.

Na minha noite idolatro o sentido secreto do mundo. Boca e língua. E um cavalo solto de uma força livre. Guardo-lhe o casco em amoroso fetichismo. Na minha funda noite sopra um louco vento que me traz fiapos de gritos.

Estou sentindo o martírio de uma inoportuna sensualidade. De madrugada acordo cheia de frutos. Quem virá colher os frutos de minha vida? Senão tu e eu mesma? Por que é que as coisas um instante antes de acontecerem parecem já ter acontecido? É uma questão da simultaneidade do tempo. E eis que te faço perguntas e muitas estas serão. Porque sou uma pergunta.

E na minha noite sinto o mal que me domina. O que se chama de bela paisagem não me causa senão cansaço. Gosto é das paisagens de terra esturricada e seca, com árvores contorcidas e montanhas feitas de rocha e com uma luz alvar e suspensa. Ali, sim, é que a beleza recôndita está. Sei que também não gostas de arte. Nasci dura, heroica, solitária e em pé. E encontrei meu contraponto na paisagem sem pitoresco e sem beleza. A feiura é o meu estandarte de guerra. Eu amo o feio com um amor de igual para igual. E desafio a morte. Eu – eu sou a minha própria morte. E ninguém vai mais longe. O que há de bárbaro em mim procura o bárbaro cruel fora de mim. Vejo em claros e escuros os rostos das pessoas que vacilam às chamas da fogueira. Sou uma árvore que arde com duro prazer. Só uma doçura me possui: a conivência com o mundo. Eu amo a minha cruz, a que doloridamente carrego. É o mínimo que posso fazer de minha vida: aceitar comiseravelmente o sacrifício da noite.

O estranho me toma: então abro o negro guarda-chuva e alvoroço-me numa festa de baile onde brilham estrelas. O nervo raivoso dentro de mim e que me contorce. Até que a noite alta vem me encontrar exangue. Noite alta é grande e me come. A ventania me chama. Sigo-a e me estraçalho. Se eu não entrar no jogo que se desdobra em vida perderei a própria vida num suicídio da minha espécie. Protejo com o fogo meu jogo de vida. Quando a existência de mim e do mundo ficam insustentáveis pela razão – então me solto e sigo uma verdade latente. Será que eu reconheceria a verdade se esta se comprovasse.

Estou me fazendo. Eu me faço até chegar ao caroço.

De mim no mundo quero te dizer da força que me guia e me traz o próprio mundo, da sensualidade vital de estruturas nítidas, e das curvas que são organicamente ligadas a outras formas curvas. Meu grafismo e minhas circunvoluções são potentes e a liberdade que sopra no verão tem a fatalidade em si mesma. O erotismo próprio do que é vivo está espalhado no ar, no mar, nas plantas, em nós, espalhado na veemência de minha voz, eu te escrevo com minha voz. E há um vigor de tronco robusto, de raízes entranhadas na terra viva que reage dando-lhes grandes alimentos. Respiro de noite a energia. E tudo isto no fantástico. Fantástico: o mundo por um instante é exatamente o que meu coração pede. Estou prestes a morrer-me e constituir novas composições. Estou me exprimindo muito mal e as palavras certas me escapam. Minha forma interna é finamente depurada e no entanto o meu conjunto com o mundo tem a crueza nua dos sonhos livres e das grandes realidades. Não conheço a proibição. E minha própria força me libera, essa vida plena que se me transborda. E nada planejo no meu trabalho intuitivo de viver: trabalho com o indireto, o informal e o imprevisto.

Agora de madrugada estou pálida e arfante e tenho a boca seca diante do que alcanço. A natureza em cântico coral e eu morrendo. O que canta a natureza? a própria palavra final que não é nunca mais eu. Os séculos cairão sobre mim. Mas por enquanto uma truculência de corpo e alma que se manifesta no rico escaldar de palavras pesadas que se atropelam umas nas outras – e algo selvagem, primário e enervado se ergue dos meus pântanos, a planta maldita que está próxima de se entregar ao Deus. Quanto mais maldita, mais até o Deus. Eu me aprofundei em mim e encontrei que eu quero vida sangrenta, e o sentido oculto tem uma intensidade que tem luz. É a luz secreta de uma sabedoria da fatalidade: a pedra fundamental da terra. É mais um presságio de vida que vida mesmo. Eu a exorcizo excluindo os profanos. No meu mundo pouca liberdade de ação me é concedida. Sou livre apenas para executar os gestos fatais. Minha anarquia obedece subterraneamente a uma lei onde lido oculta com astronomia, matemática e mecânica. A liturgia dos enxames dissonantes dos insetos que saem dos pântanos nevoentos e pestilentos. Insetos, sapos, piolhos, moscas, pulgas e percevejos – tudo nascido de uma corrupta germinação malsã de larvas. E minha fome se alimenta desses seres putrefatos em decomposição. Meu rito é purificador de forças. Mas existe malignidade na selva. Bebo um gole de sangue que me plenifica toda. Ouço címbalos e trombetas e tamborins que enchem o ar de barulhos e marulhos abafando então o silêncio do disco do sol e seu prodígio. Quero um manto tecido com fios de ouro solar. O sol é a tensão mágica do silêncio. Na minha viagem aos mistérios ouço a planta carnívora que lamenta tempos imemoriais: e tenho pesadelos obscenos sob ventos doentios. Estou encantada, seduzida, arrebatada por vozes furtivas. As inscrições cuneiformes quase ininteligíveis falam de como conceber e dão fórmulas sobre como se alimentar da força das trevas. Falam das fêmeas nuas e rastejantes. E o eclipse do sol causa terror secreto que no entanto anuncia um esplendor de coração. Ponho sobre os cabelos o diadema de bronze.

Atrás do pensamento – mais atrás ainda – está o teto que eu olhava enquanto infante. De repente chorava. Já era amor. Ou nem mesmo chorava. Ficava à espreita. A perscrutar o teto. O instante é o vasto ovo de vísceras mornas.

Agora é de novo madrugada.

Mas ao amanhecer eu penso que nós somos os contemporâneos do dia seguinte. Que o Deus me ajude: estou perdida. Preciso terrivelmente de você. Nós temos que ser dois. Para que o trigo fique alto. Estou tão grave que vou parar.

Nasci há alguns instantes e estou ofuscada.

Os cristais tilintam e faíscam. O trigo está maduro: o pão é repartido. Mas repartido com doçura? É importante saber. Não penso assim como o diamante não pensa. Brilho toda límpida. Não tenho fome nem sede: sou. Tenho dois olhos que estão abertos. Para o nada. Para o teto.

Vou fazer um adaggio. Leia devagar e com paz. É um largo afresco.

Nascer é assim:

Os girassóis lentamente viram suas corolas para o sol. O trigo está maduro. O pão é com doçura que se come. Meu impulso se liga ao das raízes das árvores.

Nascimento: os pobres têm uma oração em sânscrito. Eles não pedem: são pobres de espírito. Nascimento: os africanos têm a pele negra e fosca. Muitos são filhos da rainha de Sabá com o rei Salomão. Os africanos para me adormecer, eu recém-nascida, entoam uma lenga-lenga primária onde cantam monotonamente que a sogra, logo que eles saem, vem e tira um cacho de bananas.

Há uma canção do amor deles que diz também monotonamente o lamento que faço meu: por que te amo se não respondes? envio mensageiros em vão; quando te cumprimento tu ocultas a face; por que te amo se nem ao menos me notas? Há também a canção para ninar elefantes que vão se banhar no rio. Sou africana: um fio de lamento triste e largo e selvático está na minha voz que te canta. Os brancos batiam nos negros com chicote. Mas como o cisne segrega um óleo que impermeabiliza a pele – assim a dor dos negros não pode entrar e não dói. Pode-se transformar a dor em prazer – basta um "clic". Cisne negro?

Mas há os que morrem de fome e eu nada posso senão nascer. Minha lenga-lenga é: que posso fazer por eles? Minha resposta é: pintar um afresco em adaggio. Poderia sofrer a fome dos outros em silêncio mas uma voz de contralto me faz cantar – canto fosco e negro. É minha mensagem de pessoa só. A pessoa come outra de fome. Mas eu me alimentei com minha própria placenta. E não vou roer unhas porque isto é um tranquilo adaggio.

Parei para tomar água fresca: o copo neste instante-já é de grosso cristal facetado e com milhares de faíscas de instantes. Os objetos são tempo parado?

Continua a lua cheia. Relógios pararam e o som de um carrilhão rouco escorre pelo muro. Quero ser enterrada com o relógio no pulso para que na terra algo possa pulsar o tempo.

Estou tão ampla. Sou coerente: meu cântico é profundo. Devagar. Mas crescendo. Está crescendo mais ainda. Se crescer muito vira lua cheia e silêncio, e fantasmagórico chão lunar. À espreita do tempo que para. O que te escrevo é sério. Vai virar duro objeto imperecível. O que vem é imprevisto. Para ser inutilmente sincera devo dizer que agora são seis e quinze da manhã.

O risco – estou arriscando descobrir terra nova. Onde jamais passos humanos houve. Antes tenho que passar pelo vegetal perfumado. Ganhei dama-da-noite que fica no meu terraço. Vou começar a fabricar o meu próprio perfume: compro álcool apropriado e a essência do que já vem macerado e sobretudo o fixador que tem que ser de origem puramente animal. Almíscar pesado. Eis o último acorde grave do adaggio. Meu número é 9. É 7. É 8. Tudo atrás do pensamento. Se tudo isso existe, então eu sou. Mas por que esse mal-estar? É porque não estou vivendo do único modo que existe para cada um de se viver e nem sei qual é. Desconfortável. Não me sinto bem. Não sei o que é que há. Mas alguma coisa está errada e dá mal-estar. No entanto estou sendo franca e meu jogo é limpo. Abro o jogo. Só não conto os fatos de minha vida: sou secreta por natureza. O que há então? Só sei que não quero a impostura. Recuso-me. Eu me aprofundei mas não acredito em mim porque meu pensamento é inventado.

Já posso me preparar para o "ele" ou "ela". O adaggio chegou ao fim. Então começo. Não minto. Minha verdade faísca como um pingente de lustre de cristal.

Mas ela é oculta. Eu aguento porque sou forte: comi minha própria placenta.

Embora tudo seja tão frágil. Sinto-me tão perdida. Vivo de um segredo que se irradia em raios luminosos que me ofuscariam se eu não os cobrisse com um manto pesado de falsas certezas. Que o Deus me ajude: estou sem guia e é de novo escuro.

Terei que morrer de novo para de novo nascer? Aceito.

Vou voltar para o desconhecido de mim mesma e quando nascer falarei em "ele" ou "ela". Por enquanto o que me sustenta é o "aquilo" que é um "it". Criar de si próprio um ser é muito grave. Estou me criando. E andar na escuridão completa à procura de nós mesmos é o que fazemos. Dói. Mas é dor de parto: nasce uma coisa que é. É-se. É duro como uma pedra seca. Mas o âmago é it mole e vivo, perecível, periclitante. Vida de matéria elementar.

Como o Deus não tem nome vou dar a Ele o nome de Simptar. Não pertence a língua nenhuma. Eu me dou o nome de Amptala. Que eu saiba não existe tal nome. Talvez em língua anterior ao sânscrito, língua it. Ouço o tique-taque do relógio: apresso-me então. O tique-taque é it.

Acho que não vou morrer no instante seguinte porque o médico que me examinou detidamente disse que estou em saúde perfeita. Está vendo? o instante passou e eu não morri. Quero que me enterrem diretamente na terra embora dentro do caixão. Não quero ser engavetada na parede como no cemitério São João Batista que não tem mais lugar na terra. Então inventaram essas diabólicas paredes onde se fica como num arquivo.

Agora é um instante. Você sente? eu sinto.

O ar é "it" e não tem perfume. Também gosto. Mas gosto de dama-da-noite, almiscarada porque sua doçura é uma entrega à lua. Já comi geleia de rosas pequenas e escarlates: seu gosto nos benze ao mesmo tempo que nos acomete. Como reproduzir em palavras o gosto? O gosto é uno e as palavras são muitas. Quanto à música, depois de tocada para onde ela vai? Música só tem de concreto o instrumento. Bem atrás do pensamento tenho um fundo musical. Mas ainda mais atrás há o coração batendo. Assim o mais profundo pensamento é um coração batendo.

Quero morrer com vida. Juro que só morrerei lucrando o último instante. Há uma prece profunda em mim que vai nascer não sei quando. Queria tanto morrer de saúde. Como quem explode. Éclater é melhor: j'éclate. Por enquanto há diálogo contigo. Depois será monólogo. Depois o silêncio. Sei que haverá uma ordem.

O caos de novo se prepara como instrumentos musicais que se afinam antes de começar a música eletrônica. Estou improvisando e a beleza do que improviso é fuga. Sinto latejando em mim a prece que ainda não veio. Sinto que vou pedir que os fatos apenas escorram sobre mim sem me molhar. Estou pronta para o silêncio grande da morte. Vou dormir.

Levantei-me. O tiro de misericórdia. Porque estou cansada de me defender. Sou inocente. Até ingênua porque me entrego sem garantias. Nasci por Ordem. Estou inteiramente tranquila. Respiro por Ordem. Não tenho estilo de vida: atingi o impessoal, o que é tão difícil. Daqui a pouco a Ordem vai me mandar ultrapassar o máximo. Ultrapassar o máximo é viver o elemento puro. Tem pessoas que não aguentam: vomitam. Mas eu estou habituada ao sangue.

Que música belíssima ouço no profundo de mim. É feita de traços geométricos se entrecruzando no ar. É música de câmara. Música de câmara é sem melodia. É modo de expressar o silêncio. O que te escrevo é de câmara.

E isto que tento escrever é maneira de me debater. Estou apavorada. Por que nesta Terra houve dinossauros? como se extingue uma raça?

Verifico que estou escrevendo como se estivesse entre o sono e a vigília.

Eis que de repente vejo que há muito não estou entendendo. O gume de minha faca está ficando cego? Parece-me que o mais provável é que não entendo porque o que vejo agora é difícil: estou entrando sorrateiramente em contato com uma realidade nova para mim que ainda não tem pensamentos correspondentes e muito menos ainda alguma palavra que a signifique: é uma sensação atrás do pensamento.

E eis que o meu mal me domina. Sou ainda a cruel rainha dos medas e dos persas e sou também uma lenta evolução que se lança como ponte levadiça a um futuro cujas névoas leitosas já respiro. Minha aura é de mistério de vida. Eu me ultrapasso abdicando de meu nome, e então sou o mundo. Sigo a voz do mundo com voz única.

O que te escrevo não tem começo: é uma continuação. Das palavras deste canto, canto que é meu e teu, evola-se um halo que transcende as frases, você sente? Minha experiência vem de que eu já consegui pintar o halo das coisas. O halo é mais importante que as coisas e que as palavras. O halo é vertiginoso. Finco a palavra no vazio descampado: é uma palavra como fino bloco monolítico que projeta sombra. E é trombeta que anuncia. O halo é o it.

Preciso sentir de novo o it dos animais. Há muito tempo não entro em contato com a vida primitiva animálica. Estou precisando estudar bichos. Quero captar o it para poder pintar não uma águia e um cavalo, mas um cavalo com asas abertas de grande águia.

Arrepio-me toda ao entrar em contato físico com bichos ou com a simples visão deles. Os bichos me fantasticam. Eles são o tempo que não se conta. Pareço ter certo horror daquela criatura viva que não é humana e que tem meus próprios instintos embora livres e indomáveis. Animal nunca substitui uma coisa por outra.

Os animais não riem. Embora às vezes o cão ri. Além da boca arfante o sorriso se transmite por olhos tornados brilhantes e mais sensuais, enquanto o rabo abana em alegre perspectiva. Mas gato não ri nunca. Um "ele" que conheço não quer mais saber de gatos. Fartou-se para sempre porque tinha certa gata que ficava em danação periódica. Eram tão imperativos os seus instintos que na época do cio, após longos e plangentes miados, jogava-se de cima do telhado e feria-se no chão.

Às vezes eletrizo-me ao ver bicho. Estou agora ouvindo o grito ancestral dentro de mim: parece que não sei quem é mais a criatura, se eu ou o bicho. E confundo-me toda. Fico ao que parece com medo de encarar instintos abafados que diante do bicho sou obrigada a assumir.

Conheci um "ela" que humanizava bicho conversando com ele e emprestando-lhe as próprias características. Não humanizo bicho porque é ofensa – há de respeitar-lhe a natureza – eu é que me animalizo. Não é difícil e vem simplesmente. É só não lutar contra e é só entregar-se.

Nada existe de mais difícil do que entregar-se ao instante. Esta dificuldade é dor humana. É nossa. Eu me entrego em palavras e me entrego quando pinto.

Segurar passarinho na concha meio fechada da mão é terrível, é como se tivesse os instantes trêmulos na mão. O passarinho espavorido esbate desordenadamente milhares de asas e de repente se tem na mão semicerrada as asas finas debatendo-se e de repente se torna intolerável e abre-se depressa a mão para libertar a presa leve. Ou se entrega-o depressa ao dono para que ele lhe dê a maior liberdade relativa da gaiola. Pássaros – eu os quero nas árvores ou voando longe de minhas mãos. Talvez certo dia venha a ficar íntima deles e a gozar-lhes a levíssima presença de instante. "Gozar-lhes a levíssima presença" dá-me a sensação de ter escrito frase completa por dizer exatamente o que é: a levitação dos pássaros.

Ter coruja nunca me ocorreria, embora eu as tenha pintado nas grutas. Mas um "ela" achou por terra na mata de Santa Teresa um filhote de coruja todo só e à míngua de mãe. Levou-o para casa. Aconchegou-o. Alimentou-o e dava-lhe murmúrios e terminou descobrindo que ele gostava de carne crua. Quando ficou forte era de se esperar que fugisse imediatamente mas demorou a ir em busca do próprio destino que seria o de reunir-se aos de sua doida raça: é que se afeiçoara, essa diabólica ave, à moça. Até que num arranco – como se estivesse em luta consigo própria – libertou-se com o voo para a profundeza do mundo.

Já vi cavalos soltos no pasto onde de noite o cavalo branco – rei da natureza – lançava para o alto ar seu longo relincho de glória. Já tive perfeitas relações com eles. Lembro-me de mim de pé com a mesma altivez do cavalo e a passar a mão pelo seu pelo nu. Pela sua crina agreste. Eu me sentia assim: a mulher e o cavalo.

Sei história passada mas que se renova já. O ele contou-me que morou durante algum tempo com parte de sua família que vivia em pequena aldeia num vale dos altos Pireneus nevados. No inverno os lobos esfaimados desciam das montanhas até a aldeia a farejar presa. Todos os habitantes se trancavam atentos em casa a abrigar na sala ovelhas e cavalos e cães e cabras, o calor humano e calor animal – todos alertamente a ouvir o arranhar das garras dos lobos nas portas cerradas. A escutar. A escutar.

Estou melancólica. É de manhã. Mas conheço o segredo das manhãs puras. E descanso na melancolia.

Sei da história de uma rosa. Parece-te estranho falar em rosa quando estou me ocupando com bichos? Mas ela agiu de um modo tal que lembra os mistérios animais. De dois em dois dias eu comprava uma rosa e colocava-a na água dentro da jarra feita especialmente estreita para abrigar o longo talo de uma só flor. De dois em dois dias a rosa murchava e eu a trocava por outra. Até que houve determinada rosa. Cor-de-rosa sem corante ou enxerto porém do mais vivo rosa pela natureza mesmo. Sua beleza alargava o coração em amplidões. Parecia tão orgulhosa da turgidez de sua corola toda aberta e das próprias pétalas que era com uma altivez que se mantinha quase ereta. Porque não ficava totalmente ereta: com graciosidade inclinava-se sobre o talo que era fino e quebradiço. Uma relação íntima estabeleceu-se intensamente entre mim e a flor: eu a admirava e ela parecia sentir-se admirada. E tão gloriosa ficou na sua assombração e com tanto amor era observada que se passavam os dias e ela não murchava: continuava de corola toda aberta e túmida, fresca como flor nascida. Durou em beleza e vida uma semana inteira. Só então começou a dar mostras de algum cansaço. Depois morreu. Foi com relutância que a troquei por outra. E nunca a esqueci. O estranho é que a empregada perguntou-me um dia à queima-roupa: "e aquela rosa?" Nem perguntei qual. Sabia. Esta rosa que viveu por amor longamente dado era lembrada porque a mulher vira o modo como eu olhava a flor e transmitia-lhe em ondas a minha energia. Intuíra cegamente que algo se passara entre mim e a rosa. Esta – deu-me vontade de chamá-la de "joia da vida", pois chamo muito as coisas – tinha tanto instinto de natureza que eu e ela tínhamos podido nos viver uma a outra profundamente como só acontece entre bicho e homem.

Não ter nascido bicho é uma minha secreta nostalgia. Eles às vezes clamam do longe muitas gerações e eu não posso responder senão ficando inquieta. É o chamado.

Esse ar solto, esse vento que me bate na alma da cara deixando-a ansiada numa imitação de um angustiante êxtase cada vez novo, novamente e sempre, cada vez o mergulho em alguma coisa sem fundo onde caio sempre caindo sem parar até morrer e adquirir enfim silêncio. Oh vento siroco, eu não te perdoo a morte, tu que me trazes uma lembrança machucada de coisas vividas que, ai de mim, sempre se repetem, mesmo sob formas outras e diferentes. A coisa vivida me espanta assim como me espanta o futuro. Este, como o já passado, é intangível, mera suposição.

Estou neste instante num vazio branco esperando o próximo instante. Contar o tempo é apenas hipótese de trabalho. Mas o que existe é perecível e isto obriga a contar o tempo imutável e permanente. Nunca começou e nunca vai acabar. Nunca.

Soube de um ela que morreu na cama mas aos gritos: estou me apagando! Até que houve o benefício do coma dentro do qual o ela se libertou do corpo e não teve nenhum medo de morrer.

Para te escrever eu antes me perfumo toda.

Eu te conheço todo por te viver toda. Em mim é profunda a vida. As madrugadas vêm me encontrar pálida de ter vivido a noite dos sonhos fundos. Embora às vezes eu sobrenade num raso aparente que tem debaixo de si uma profundidade de azul-escuro quase negro. Por isto te escrevo. Por sopro das grossas algas e no tenro nascente do amor.

Eu vou morrer: há esta tensão como a de um arco prestes a disparar a flecha. Lembro-me do signo Sagitário: metade homem e metade animal. A parte humana em rigidez clássica segura o arco e flecha. O arco pode disparar a qualquer instante e atingir o alvo. Sei que vou atingir o alvo.

Agora vou escrever ao correr da mão: não mexo no que ela escrever. Esse é um modo de não haver defasagem entre o instante e eu: ajo no âmago do próprio instante. Mas de qualquer modo há alguma defasagem. Começa assim: como o amor impede a morte, e não sei o que estou querendo dizer com isto. Confio na minha incompreensão que tem me dado vida liberta do entendimento, perdi amigos, não entendo a morte. O horrível dever é o de ir até o fim. E sem contar com ninguém. Viver-se a si mesma. E para sofrer menos embotar-me um pouco. Porque não posso mais carregar as dores do mundo. Que fazer quando sinto totalmente o que outras pessoas são e sentem? Vivo-as mas não tenho mais força. Não quero contar nem a mim mesma certas coisas. Seria trair o é-se. Sinto que sei de umas verdades. Que já pressinto. Mas verdades não têm palavras. Verdades ou verdade? Não vou falar no Deus, Ele é segredo meu. Está fazendo um dia de sol. A praia estava cheia de vento bom e de uma liberdade. E eu estava só. Sem precisar de ninguém. É difícil porque preciso repartir contigo o que sinto. O mar calmo. Mas à espreita e em suspeita. Como se tal calma não pudesse durar. Algo está sempre por acontecer. O imprevisto improvisado e fatal me fascina. Já entrei contigo em comunicação tão forte que deixei de existir sendo. Você tornou-se um eu. É tão difícil falar e dizer coisas que não podem ser ditas. É tão silencioso. Como traduzir o silêncio do encontro real entre nós dois? Dificílimo contar: olhei para você fixamente por uns instantes. Tais momentos são meu segredo. Houve o que se chama de comunhão perfeita. Eu chamo isto de estado agudo de felicidade. Estou terrivelmente lúcida e parece que alcanço um plano mais alto de humanidade. Ou da desumanidade – o it.

O que faço por involuntário instinto não pode ser descrito.

Que estou fazendo ao te escrever? estou tentando fotografar o perfume.

Escrevo-te sentada junto de uma janela aberta no alto de meu atelier.

Escrevo-te este fac-símile de livro, o livro de quem não sabe escrever; mas é que no domínio mais leve da fala quase não sei falar. Sobretudo falar-te por escrito, eu que me habituei a que fosses a audiência, embora distraída, de minha voz. Quando pinto respeito o material que uso, respeito-lhe o primordial destino. Então quando te escrevo respeito as sílabas.

Novo instante em que vejo o que vai se seguir. Embora para falar do instante de visão eu tenha que ser mais discursiva que o instante: muitos instantes se passarão antes que eu desdobre e esgote a complexidade una e rápida de um relance.

Escrevo-te à medida de meu fôlego. Estarei sendo hermética como na minha pintura? Porque parece que se tem de ser terrivelmente explícita. Sou explícita? Pouco se me dá. Agora vou acender um cigarro. Talvez volte à máquina ou talvez pare por aqui mesmo para sempre. Eu, que nunca sou adequada.

Voltei. Estou pensando em tartarugas. Uma vez eu disse por pura intuição que a tartaruga era um animal dinossáurico. Depois é que vim ler que é mesmo. Tenho cada uma. Um dia vou pintar tartarugas. Elas me interessam muito. Todos os seres vivos, que não o homem, são um escândalo de maravilhamento: fomos modelados e sobrou muita matéria-prima – it – e formaram-se então os bichos. Para que uma tartaruga? Talvez o título do que estou te escrevendo devesse ser um pouco assim e em forma interrogativa: "E as tartarugas?" Você que me lê diria: é verdade que há muito tempo não penso em tartarugas.

Fiquei de repente tão aflita que sou capaz de dizer agora fim e acabar o que te escrevo, é mais na base de palavras cegas. Mesmo para os descrentes há o instante do desespero que é divino: a ausência do Deus é um ato de religião. Neste mesmo instante estou pedindo ao Deus que me ajude. Estou precisando. Precisando mais do que a força humana. Sou forte mas também destrutiva. O Deus tem que vir a mim já que não tenho ido a Ele. Que o Deus venha: por favor. Mesmo que eu não mereça. Venha. Ou talvez os que menos merecem mais precisem. Sou inquieta e áspera e desesperançada. Embora amor dentro de mim eu tenha. Só que não sei usar amor. Às vezes me arranha como se fossem farpas. Se tanto amor dentro de mim recebi e no entanto continuo inquieta é porque preciso que o Deus venha. Venha antes que seja tarde demais. Corro perigo como toda pessoa que vive. E a única coisa que me espera é exatamente o inesperado. Mas sei que terei paz antes da morte e que experimentarei um dia o delicado da vida. Perceberei – assim como se come e se vive o gosto da comida. Minha voz cai no abismo de teu silêncio. Tu me lês em silêncio. Mas nesse ilimitado campo mudo desdobro as asas, livre para viver. Então aceito o pior e entro no âmago da morte e para isto estou viva. O âmago sensível. E vibra-me esse it.

Agora vou falar da dolência das flores para sentir mais a ordem do que existe. Antes te dou com prazer o néctar, suco doce que muitas flores contêm e que os insetos buscam com avidez. Pistilo é órgão feminino da flor que geralmente ocupa o centro e contém o rudimento da semente. Pólen é pó fecundante produzido nos estames e contido nas anteras. Estame é o órgão masculino da flor. É composto por estilete e pela antera na parte inferior contornando o pistilo. Fecundação é a união de dois elementos de geração – masculino e feminino – da qual resulta o fruto fértil. "E plantou

Javé Deus um jardim no Éden que fica no Oriente e colocou nele o homem que formara" (Gen. 2,8).

Quero pintar uma rosa.

Rosa é a flor feminina que se dá toda e tanto que para ela só resta a alegria de se ter dado. Seu perfume é mistério doido. Quando profundamente aspirada toca no fundo íntimo do coração e deixa o interior do corpo inteiro perfumado. O modo de ela se abrir em mulher é belíssimo. As pétalas têm gosto bom na boca – é só experimentar. Mas rosa não é it. É ela. As encarnadas são de grande sensualidade. As brancas são a paz do Deus. É muito raro encontrar na casa de flores rosas brancas. As amarelas são de um alarme alegre. As cor-de-rosa são em geral mais carnudas e têm a cor por excelência. As alaranjadas são produto de enxerto e são sexualmente atraentes.

Preste atenção e é um favor: estou convidando você para mudar-se para reino novo.

Já o cravo tem uma agressividade que vem de certa irritação. São ásperas e arrebitadas as pontas de suas pétalas. O perfume do cravo é de algum modo mortal. Os cravos vermelhos berram em violenta beleza. Os brancos lembram o pequeno caixão de criança defunta: o cheiro então se torna pungente e a gente desvia a cabeça para o lado com horror. Como transplantar o cravo para a tela?

O girassol é o grande filho do sol. Tanto que sabe virar sua enorme corola para o lado de quem o criou. Não importa se é pai ou mãe. Não sei. Será o girassol flor feminina ou masculina? Acho que masculina.

A violeta é introvertida e sua introspecção é profunda. Dizem que se esconde por modéstia. Não é. Esconde-se para poder captar o próprio segredo. Seu quase-não-perfume é glória abafada mas exige da gente que o busque. Não grita nunca o seu perfume. Violeta diz levezas que não se podem dizer.

A sempre-viva é sempre morta. Sua secura tende à eternidade. O nome em grego quer dizer: sol de ouro. A margarida é florzinha alegre. É simples e à tona da pele. Só tem uma camada de pétalas. O centro é uma brincadeira infantil.

A formosa orquídea é exquise e antipática. Não é espontânea. Requer redoma. Mas é mulher esplendorosa e isto não se pode negar. Também não se pode negar que é nobre porque é epífita. Epífitas nascem sobre outras plantas sem contudo tirar delas a nutrição. Estava mentindo quando disse que era antipática. Adoro orquídeas. Já nascem artificiais, já nascem arte.

Tulipa só é tulipa na Holanda. Uma única tulipa simplesmente não é. Precisa de campo aberto para ser.

Flor dos trigais só dá no meio do trigo. Na sua humildade tem a ousadia de aparecer em diversas formas e cores. A flor do trigal é bíblica. Nos presépios da Espanha não se separa dos ramos de trigo. É um pequeno coração batendo.

Mas angélica é perigosa. Tem perfume de capela. Traz êxtase. Lembra a hóstia. Muitos têm vontade de comê-la e encher a boca com o intenso cheiro sagrado.

O jasmim é dos namorados. Dá vontade de pôr reticências agora. Eles andam de mãos dadas, balançando os braços e se dão beijos suaves ao quase som odorante do jasmim.

Estrelícia é masculina por excelência. Tem uma agressividade de amor e de sadio orgulho. Parece ter crista de galo e o seu canto. Só que não espera pela aurora. A violência de tua beleza.

Dama-da-noite tem perfume de lua cheia. É fantasmagórica e um pouco assustadora e é para quem ama o perigo. Só sai de noite com o seu cheiro tonteador. Dama-da-noite é silente. E também da esquina deserta e em trevas e dos jardins de casas de luzes apagadas e janelas fechadas. É perigosíssima: é um assobio no escuro, o que ninguém aguenta.

Mas eu aguento porque amo o perigo. Quanto à suculenta flor de cáctus, é grande e cheirosa e de cor brilhante. É a vingança sumarenta que faz a planta desértica. É o esplendor nascendo da esterilidade despótica.

Estou com preguiça de falar da edelvais. É que se encontra à altura de três mil e quatrocentos metros de altitude. É branca e lanosa. Raramente alcançável: é a aspiração.

Gerânio é flor de canteiro de janela. Encontra-se em S. Paulo, no bairro de Grajaú e na Suíça.

Vitória-régia está no Jardim Botânico do Rio de Janeiro. Enorme e até quase dois metros de diâmetro. Aquáticas, é de se morrer delas. Elas são o amazônico: o dinossauro das flores. Espalham grande tranquilidade. A um tempo majestosas e simples. E apesar de viverem no nível das águas elas dão sombras. Isto que estou te escrevendo é em latim: de natura florum. Depois te mostrarei o meu estudo já transformado em desenho linear.

O crisântemo é de alegria profunda. Fala através da cor e do despenteado. É flor que descabeladamente controla a própria selvageria.

Acho que vou ter que pedir licença para morrer. Mas não posso, é tarde demais. Ouvi o "Pássaro de fogo" – e afoguei-me inteira.

Tenho que interromper porque – Eu não disse? eu não disse que um dia ia me acontecer uma coisa? Pois aconteceu agora mesmo. Um homem chamado João falou comigo pelo telefone. Ele se criou no profundo da Amazônia. E diz que lá corre a lenda de uma planta que fala. Chama-se tajá. E dizem que sendo mistificada de um modo ritualista pelos indígenas, ela eventualmente diz uma palavra. João me contou uma coisa que não tem explicação: uma vez entrou tarde da noite em casa e quando estava passando pelo corredor onde estava a planta ouviu a palavra "João". Então pensou que era sua mãe o chamando e respondeu: já vou. Subiu mas encontrou a mãe e o pai ressonando profundamente.

Estou cansada. Meu cansaço vem muito porque sou pessoa extremamente ocupada: tomo conta do mundo. Todos os dias olho pelo terraço para o pedaço de praia com mar e vejo as espessas espumas mais brancas e que durante a noite as águas avançaram inquietas. Vejo isto pela marca que as ondas deixam na areia. Olho as amendoeiras da rua onde moro. Antes de dormir tomo conta do mundo e vejo se o céu da noite está estrelado e azul-marinho porque em certas noites em vez do negro o céu parece azul-marinho intenso, cor que já pintei em vitral. Gosto de intensidades. Tomo conta do menino que tem nove anos de idade e que está vestido de trapos e magérrimo. Terá tuberculose, se é que já não a tem. No Jardim Botânico, então, fico exaurida. Tenho que tomar conta com o olhar de milhares de plantas e árvores e sobretudo da vitória-régia. Ela está lá. E eu a olho.

Repare que não menciono minhas impressões emotivas: lucidamente falo de algumas das milhares de coisas e pessoas das quais tomo conta. Também não se trata de emprego pois dinheiro não ganho por isto. Fico apenas sabendo como é o mundo.

Se tomar conta do mundo dá muito trabalho? Sim. Por exemplo: obriga-me a me lembrar do rosto inexpressivo e por isso assustador da mulher que vi na rua. Com os olhos tomo conta da miséria dos que vivem encosta acima.

Você há de me perguntar por que tomo conta do mundo. É que nasci incumbida.

Tomei em criança conta de uma fileira de formigas: elas andam em fila indiana carregando um mínimo de folha. O que não impede que cada uma comunique alguma coisa à que vier em direção oposta. Formiga e abelha já não são it. São elas.

Li o livro sobre as abelhas e desde então tomo conta sobretudo da rainha-mãe. As abelhas voam e lidam com flores. É banal? Isto eu mesma constatei. Faz parte do trabalho registrar o óbvio. Na pequena formiga cabe todo um mundo que me escapa se eu não tomar cuidado. Por exemplo: cabe senso instintivo de organização, linguagem para além do supersônico e sentimentos de sexo. Agora não encontro uma só formiga para olhar. Que não houve matança eu sei porque senão já teria sabido.

Tomar conta do mundo exige também muita paciência: tenho que esperar pelo dia em que me apareça uma formiga.

Só não encontrei ainda a quem prestar contas. Ou não? Pois estou te prestando contas aqui mesmo. Vou agora mesmo prestar-te contas daquela primavera que foi bem seca. O rádio estalava ao captar-lhe a estática. A roupa eriçava-se ao largar a eletricidade do corpo e o pente erguia os cabelos imantados – esta era uma dura primavera. Ela estava exausta do inverno e brotava toda elétrica. De qualquer ponto em que se estava partia-se para o longe. Nunca se viu tanto caminho. Falamos pouco, tu e eu. Ignoro por que todo o mundo estava tão zangado e eletronicamente apto. Mas apto a quê? O corpo pesava de sono. E os nossos grandes olhos inexpressivos como olhos de cego quando estão bem abertos. No terraço estava o peixe no aquário e tomamos refresco naquele bar de hotel olhando para o campo. Com o vento vinha o sonho das cabras: na outra mesa um fauno solitário. Olhávamos o copo de refresco gelado e sonhávamos estáticos dentro do copo transparente. "O que é mesmo o que você disse?", você perguntava. "Eu não disse nada." Passavam-se dias e mais dias e tudo naquele perigo e os gerânios tão encarnados. Bastava um instante de sintonização e de novo captava-se a estática farpada da primavera ao vento: o sonho impudente das cabras e o peixe todo vazio e nossa súbita tendência ao roubo de frutas. O fauno agora coroado em saltos solitários. "O quê?" "Eu não disse nada." Mas eu percebia um primeiro rumor como o de um coração batendo debaixo da terra. Colocava quietamente o ouvido no chão e ouvia o verão abrir caminho por dentro e o meu coração embaixo da terra – "nada! eu não disse nada!" – e sentia a paciente brutalidade com que a terra fechada se abria por dentro em parto, e sabia com que peso de doçura o verão amadurecia cem mil laranjas e sabia que as laranjas eram minhas. Porque eu queria.

Orgulho-me de sempre pressentir mudança de tempo. Há coisa no ar – o corpo avisa que virá algo novo e eu me alvoroço toda. Não sei para quê. Naquela mesma primavera ganhei a planta chamada prímula. É tão misteriosa que no seu mistério está contido o inexplicável da natureza. Aparentemente nada tem de singular. Mas no dia exato em que começa a primavera as folhas morrem e em lugar delas nascem flores fechadas que têm um perfume feminino e masculino extremamente estonteador.

A gente está sentada perto e olhando distraída. E eis que elas vagarosamente vão se abrindo e entregando-se à nova estação sob nosso olhar espantado: é a primavera que então se instala.

Mas quando vem o inverno eu dou e dou e dou. Agasalho muito. Aconchego ninhadas de pessoas no meu peito morno. E ouve-se barulho de quem toma sopa quente. Estou vivendo agora dias de chuva: já se aproxima eu dar.

Não vê que isto aqui é como filho nascendo? Dói. Dor é vida exacerbada. O processo dói. Vir-a-ser é uma lenta e lenta dor boa. É o espreguiçamento amplo até onde a pessoa pode se esticar. E o sangue agradece. Respiro, respiro. O ar é it. Ar com vento já é um ele ou ela. Se eu tivesse que me esforçar para te escrever ia ficar tão triste. Às vezes não aguento a força da inspiração. Então pinto abafado. É tão bom que as coisas não dependam de mim.

Tenho falado muito em morte. Mas vou te falar no sopro da vida. Quando a pessoa já está sem respiração faz-se a respiração bucal: cola-se a boca na boca do outro e se respira. E a outra recomeça a respirar. Essa troca de aspirações é uma das coisas mais belas que já ouvi dizerem da vida. Na verdade a beleza deste boca a boca está me ofuscando.

Oh, como tudo é incerto. E no entanto dentro da Ordem. Não sei sequer o que vou te escrever na frase seguinte. A verdade última a gente nunca diz. Quem sabe da verdade que venha então. E fale. Ouviremos contritos.

...... eu o vi de repente e era um homem tão extraordinariamente bonito e viril que eu senti uma alegria de criação. Não é que eu o quisesse para mim assim como não quero para mim o menino que vi com cabelos de arcanjo correndo atrás da bola. Eu queria somente olhar. O homem olhou um instante para mim e sorriu calmo: ele sabia quanto era belo e sei que sabia que eu não o queria para mim. Sorriu porque não sentiu ameaça alguma. É que os seres excepcionais em qualquer sentido estão sujeitos a mais perigos do que o comum das pessoas. Atravessei a rua e tomei um táxi. A brisa arrepiava-me os cabelos da nuca. E eu estava tão feliz que me encolhi no canto do táxi de medo porque a felicidade dói. E isto tudo causado pela visão do homem bonito. Eu continuava a não querê-lo para mim – gosto é das pessoas um pouco feias e ao mesmo tempo harmoniosas, mas ele de certo modo dera-me muito com o sorriso de camaradagem entre pessoas que se entendem. Tudo isso eu não entendia.

A coragem de viver: deixo oculto o que precisa ser oculto e precisa irradiar-se em segredo.

Calo-me.

Porque não sei qual é o meu segredo. Conta-me o teu, ensina-me sobre o secreto de cada um de nós. Não é segredo difamante. É apenas esse isto: segredo.

E não tem fórmulas.

Penso que agora terei que pedir licença para morrer um pouco. Com licença – sim? Não demoro. Obrigada.

...... Não. Não consegui morrer. Termino aqui esta "coisa-palavra" por um ato voluntário? Ainda não.

Estou transfigurando a realidade – o que é que está me escapando? por que não estendo a mão e pego? É porque apenas sonhei com o mundo mas jamais o vi.

Isto que estou te escrevendo é em contralto. É negro-espiritual. Tem coro e velas acesas. Estou tendo agora uma vertigem. Tenho um pouco de medo. A que me levará minha liberdade? O que é isto que estou te escrevendo? Isso me deixa solitária. Mas vou e rezo e minha liberdade é regida pela Ordem – já estou sem medo. O que me guia apenas é um senso de descoberta. Atrás do atrás do pensamento.

Ir me seguindo é na verdade o que faço quando te escrevo e agora mesmo: sigo-me sem saber ao que me levará. Às vezes ir seguindo-me é tão difícil. Por estar seguindo o que ainda não passa de uma nebulosa. Às vezes termino desistindo.

Agora estou com medo. Porque vou te dizer uma coisa. Espero que passe o medo.

Passou. É o seguinte: a dissonância me é harmoniosa. A melodia por vezes me cansa. E também o chamado "leitmotif". Quero na música e no que te escrevo e no que pinto, quero traços geométricos que se cruzam no ar e formam uma desarmonia que eu entendo. É puro it. Meu ser se embebe todo e levemente se embriaga. Isto que estou te dizendo é muito importante. E eu trabalho quando durmo: porque é então que me movo no mistério.

Hoje é domingo de manhã. Neste domingo de sol e de Júpiter estou sozinha em casa. Dobrei-me de repente em dois e para a frente como em profunda dor de parto – e vi que a menina em mim morria. Nunca esquecerei este domingo sangrento. Para cicatrizar levará tempo. E eis-me aqui dura e silenciosa e heroica. Sem menina dentro de mim. Todas as vidas são vidas heroicas.

A criação me escapa. E nem quero saber tanto. Basta-me que meu coração bata no peito. Basta-me o impessoal vivo do it.

Sinto agora mesmo o coração batendo desordenadamente dentro do peito. É a reivindicação porque nas últimas frases andei pensando somente à tona de mim. Então o fundo da existência se manifesta para banhar e apagar os traços do pensamento. O mar apaga os traços das ondas na areia. Oh Deus, como estou sendo feliz. O que estraga a felicidade é o medo.

Fico com medo. Mas o coração bate. O amor inexplicável faz o coração bater mais depressa. A garantia única é que eu nasci. Tu és uma forma de ser eu, e eu uma forma de te ser: eis os limites de minha possibilidade.

Estou numa delícia de se morrer dela. Doce quebranto ao te falar. Mas há a espera. A espera é sentir-me voraz em relação ao futuro. Um dia disseste que me amavas. Finjo acreditar e vivo, de ontem para hoje, em amor alegre. Mas lembrar-se com saudade é como se despedir de novo.

Um mundo fantástico me rodeia e me é. Ouço o canto doido de um passarinho e esmago borboletas entre os dedos. Sou uma fruta roída por um verme. E espero a apocalipse orgásmica. Uma chusma dissonante de insetos me rodeia, luz de lamparina acesa que sou. Exorbito-me então para ser. Sou em transe. Penetro no ar circundante. Que febre: não consigo parar de viver. Nesta densa selva de palavras que envolvem espessamente o que sinto e penso e vivo e transforma tudo o que sou em alguma coisa minha que no entanto fica inteiramente fora de mim. Fico me assistindo pensar. O que me pergunto é: quem em mim é que está fora até de pensar? Escrevo-te tudo isto pois é um desafio que sou obrigada com humildade a aceitar. Sou assombrada pelos meus fantasmas, pelo que é mítico e fantástico – a vida é sobrenatural. E eu caminho em corda bamba até o limite de meu sonho. As vísceras torturadas pela voluptuosidade me guiam, fúria dos impulsos. Antes de me organizar, tenho que me desorganizar internamente. Para experimentar o primeiro e passageiro estado primário de liberdade. Da liberdade de errar, cair e levantar-me.

Mas se eu esperar compreender para aceitar as coisas – nunca o ato de entrega se fará. Tenho que dar o mergulho de uma só vez, mergulho que abrange a compreensão e sobretudo a incompreensão. E quem sou eu para ousar pensar? Devo é entregar-me. Como se faz? Sei porém que só andando é que se sabe andar e – milagre – se anda.

Eu, que fabrico o futuro como uma aranha diligente. E o melhor de mim é quando nada sei e fabrico não sei o quê.

Eis que de repente vejo que não sei nada. O gume de minha faca está ficando cego? Parece-me que o mais provável é que não entendo porque o que vejo agora é difícil: estou entrando sorrateiramente em contato com uma realidade nova para mim e que ainda não tem pensamentos correspondentes, e muito menos ainda alguma palavra que a signifique. É mais uma sensação atrás do pensamento.

Como te explicar? Vou tentar. É que estou percebendo uma realidade enviesada. Vista por um corte oblíquo. Só agora pressenti o oblíquo da vida. Antes só via através de cortes retos e paralelos. Não percebia o sonso traço enviesado. Agora adivinho que a vida é outra. Que viver não é só desenrolar sentimentos grossos – é algo mais sortilégico e mais grácil, sem por isso perder o seu fino vigor animal. Sobre essa vida insolitamente enviesada tenho posto minha pata que pesa, fazendo assim com que a existência feneça no que tem de oblíquo e fortuito e no entanto ao mesmo tempo sutilmente fatal. Compreendi a fatalidade do acaso e não existe nisso contradição.

A vida oblíqua é muito íntima. Não digo mais sobre essa intimidade para não ferir o pensar-sentir com palavras secas. Para deixar esse oblíquo na sua independência desenvolta.

E conheço também um modo de vida que é suave orgulho, graça de movimentos, frustração leve e contínua, de uma habilidade de esquivança que vem de longo caminho antigo. Como sinal de revolta apenas uma ironia sem peso e excêntrica. Tem um lado da vida que é como no inverno tomar café num terraço dentro da friagem e aconchegada na lã.

Conheço um modo de vida que é sombra leve desfraldada ao vento e balançando leve no chão: vida que é sombra flutuante, levitação e sonhos no dia aberto: vivo a riqueza da terra.

Sim. A vida é muito oriental. Só algumas pessoas escolhidas pela fatalidade do acaso provaram da liberdade esquiva e delicada da vida. É como saber arrumar flores num jarro: uma sabedoria quase inútil. Essa liberdade fugitiva de vida não deve ser jamais esquecida: deve estar presente como um eflúvio.

Viver essa vida é mais um lembrar-se indireto dela do que um viver direto. Parece uma convalescença macia de algo que no entanto poderia ter sido absolutamente terrível. Convalescença de um prazer frígido. Só para os iniciados a vida então se torna fragilmente verdadeira. E está-se no instante-já: come-se a fruta na sua vigência. Será que não sei mais do que estou falando e que tudo me escapou sem eu sentir? Sei sim – mas com muito cuidado porque senão por um triz não sei mais. Alimento-me delicadamente do cotidiano trivial e tomo café no terraço no limiar deste crepúsculo que parece doentio apenas porque é doce e sensível.

A vida oblíqua? Bem sei que há um desencontro leve entre as coisas, elas quase se chocam, há desencontro entre os seres que se perdem uns aos outros entre palavras que quase não dizem mais nada. Mas quase nos entendemos nesse leve desencontro, nesse quase que é a única forma de suportar a vida em cheio, pois um encontro brusco face a face com ela nos assustaria, espaventaria os seus delicados fios de teia de aranha. Nós somos de soslaio para não comprometer o que pressentimos de infinitamente outro nessa vida de que te falo.

E eu vivo de lado – lugar onde a luz central não me cresta. E falo bem baixo para que os ouvidos sejam obrigados a ficar atentos e a me ouvir.

Mas conheço também outra vida ainda. Conheço e quero-a e devoro-a truculentamente. É uma vida de violência mágica. É misteriosa e enfeitiçante. Nela as cobras se enlaçam enquanto as estrelas tremem. Gotas de água pingam na obscuridade fosforescente da gruta. Nesse escuro as flores se entrelaçam em jardim feérico e úmido. E eu sou a feiticeira dessa bacanal muda. Sinto-me derrotada pela minha própria corruptibilidade. E vejo que sou intrinsecamente má. É apenas por pura bondade que sou boa. Derrotada por mim mesma. Que me levo aos caminhos da salamandra, gênio que governa o fogo e nele vive. E dou-me como oferenda aos mortos. Faço encantações no solstício, espectro de dragão exorcizado.

Mas não sei como captar o que acontece já senão vivendo cada coisa que agora e já me ocorra e não importa o quê. Deixo o cavalo livre correr fogoso de pura alegria nobre. Eu, que corro nervosa e só a realidade me delimita. E quando o dia chega ao fim ouço os grilos e torno-me toda cheia e ininteligível. Depois a madrugada vem com seu bojo pleno de milhares de passarinhos barulhando. E cada coisa que me ocorra eu a vivo aqui anotando-a. Pois quero sentir nas minhas mãos perquiridoras o nervo vivo e fremente do hoje.

Atrás do pensamento atinjo um estado. Recuso-me a dividi-lo em palavras – e o que não posso e não quero exprimir fica sendo o mais secreto dos meus segredos. Sei que tenho medo de momentos nos quais não uso o pensamento e é um momentâneo estado difícil de ser alcançado, e que, todo secreto, não usa mais as palavras com que se produzem pensamentos. Não usar palavras é perder a identidade? é se perder nas essenciais trevas daninhas?

Perco a identidade do mundo em mim e existo sem garantias. Realizo o realizável mas o irrealizável eu vivo e o significado de mim e do mundo e de ti não é evidente. É fantástico, e lido comigo nesses momentos com imensa delicadeza. Deus é uma forma de ser? é a abstração que se materializa na natureza do que existe? Minhas raízes estão nas trevas divinas. Raízes sonolentas. Vacilando nas escuridões.

E eis que sinto que em breve nos separaremos. Minha verdade espantada é que eu sempre estive só de ti e não sabia. Agora sei: sou só. Eu e minha liberdade que não sei usar. Grande responsabilidade da solidão. Quem não é perdido não conhece a liberdade e não a ama. Quanto a mim, assumo a minha solidão. Que às vezes se extasia como diante de fogos de artifício. Sou só e tenho que viver uma certa glória íntima que na solidão pode se tornar dor. E a dor, silêncio. Guardo o seu nome em segredo. Preciso de segredos para viver.

Para cada um de nós – em algum momento perdido na vida – anuncia-se uma missão a cumprir? Recuso-me porém a qualquer missão. Não cumpro nada: apenas vivo.

É tão curioso e difícil substituir agora o pincel por essa coisa estranhamente familiar mas sempre remota, a palavra. A beleza extrema e íntima está nela. Mas é inalcançável – e quando está ao alcance eis que é ilusório porque de novo continua inalcançável. Evola-se de minha pintura e destas minhas palavras acotoveladas um silêncio que também é como o substrato dos olhos. Há uma coisa que me escapa o tempo todo. Quando não escapa, ganho uma certeza: a vida é outra. Tem um estilo subjacente.

Será que no instante de morrer forçarei a vida tentando viver mais do que posso? Mas eu sou hoje.

Escrevo-te em desordem, bem sei. Mas é como vivo. Eu só trabalho com achados e perdidos.

Mas escrever para mim é frustrador: ao escrever lido com o impossível. Com o enigma da natureza. E do Deus. Quem não sabe o que é Deus, nunca poderá saber. Do Deus é no passado que se o soube. É algo que já se sabe.

Eu não tenho enredo de vida? sou inopinadamente fragmentária. Sou aos poucos. Minha história é viver. E não tenho medo do fracasso. Que o fracasso me aniquile, quero a glória de cair. Meu anjo aleijado que se desajeita esquivo, meu anjo que caiu do céu para o inferno onde vive gozando o mal.

Isto não é história porque não conheço história assim, mas só sei ir dizendo e fazendo: é história de instantes que fogem como os trilhos fugitivos que se veem da janela do trem.

Hoje de tarde nos encontraremos. E não te falarei sequer nisso que escrevo e que contém o que sou e que te dou de presente sem que o leias. Nunca lerás o que escrevo. E quando eu tiver anotado o meu segredo de ser – jogarei fora como se fosse ao mar. Escrevo-te porque não chegas a aceitar o que sou. Quando destruir minhas anotações de instantes, voltarei para o meu nada de onde tirei um tudo? Tenho que pagar o preço. O preço de quem tem um passado que só se renova com paixão no estranho presente. Quando penso no que já vivi me parece que fui deixando meus corpos pelos caminhos.

São quase cinco horas da madrugada. E a luz da aurora em desmaio, frio aço azulado e com travo e cica do dia nascente das trevas. E que emerge à tona do tempo, lívida eu também, eu nascendo das escuridões, impessoal, eu que sou it.

Vou te dizer uma coisa: não sei pintar nem melhor nem pior do que faço. Eu pinto um "isto". E escrevo um "isto" – é tudo o que posso. Inquieta. Os litros de sangue que circulam nas veias. Os músculos se contraindo e retraindo. A aura do corpo em plenilúnio. Parambólica – o que quer que queira dizer essa palavra. Parambólica que sou. Não me posso resumir porque não se pode somar uma cadeira e duas maçãs. Eu sou uma cadeira e duas maçãs. E não me somo.

De novo estou de amor alegre. O que és eu respiro depressa sorvendo o teu halo de maravilha antes que se finde no evaporado do ar. Minha fresca vontade de viver-me e de viver-te é a tessitura mesma da vida? A natureza dos seres e das coisas – é Deus? Talvez então se eu pedir muito à natureza, eu paro de morrer? Posso violentar a morte e abrir-lhe uma fresta para a vida?

Corto a dor do que te escrevo e dou-te a minha inquieta alegria.

E neste instante-já vejo estátuas brancas espraiadas na perspectiva das distâncias longas ao longe – cada vez mais longe no deserto onde me perco com olhar vazio, eu mesma estátua a ser vista de longe, eu que estou sempre me perdendo. Estou fruindo o que existe. Calada, aérea, no meu grande sonho. Como nada entendo – então adiro à vacilante realidade móvel. O real eu atinjo através do sonho. Eu te invento, realidade. E te ouço como remotos sinos surdamente submersos na água badalando trêmulos. Estou no âmago da morte? E para isso estou viva? O âmago sensível. E vibra-

-me esse it. Estou viva. Como uma ferida, flor na carne, está em mim aberto o caminho do doloroso sangue. Com o direto e por isso mesmo inocente erotismo dos índios da Lagoa Santa. Eu, exposta às intempéries, eu, inscrição aberta no dorso de uma pedra, dentro dos largos espaços cronológicos legados pelo homem da pré-história. Sopra o vento quente das grandes extensões milenares e cresta a minha superfície.

Hoje usei o ocre vermelho, ocre amarelo, o preto, e um pouco de branco. Sinto que estou nas proximidades de fontes, lagoas e cachoeiras, todas de águas abundantes e frescas para a minha sede. E eu, selvagem enfim e enfim livre dos secos dias de hoje: troto para a frente e para trás sem fronteiras. Presto cultos solares nas encostas de montanhas altas. Mas sou tabu para mim mesma, intocável porque proibida. Sou herói que leva consigo a tocha de fogo numa corrida para sempre?

Ah Força do que Existe, ajudai-me, vós que chamam de o Deus. Por que é que o horrível terrível me chama? que quero com o horror meu? porque meu demônio é assassino e não teme o castigo: mas o crime é mais importante que o castigo. Eu me vivifico toda no meu instinto feliz de destruição.

Tente entender o que pinto e o que escrevo agora. Vou explicar: na pintura como na escritura procuro ver estritamente no momento em que vejo – e não ver através da memória de ter visto num instante passado. O instante é este. O instante é de uma iminência que me tira o fôlego. O instante é em si mesmo iminente. Ao mesmo tempo que eu o vivo, lanço-me na sua passagem para outro instante.

Foi assim que vi o portal de igreja que pintei. Você discutiu o excesso de simetria. Deixa eu te explicar: a simetria foi a coisa mais conseguida que fiz. Perdi o medo da simetria, depois da desordem da inspiração. É preciso experiência ou coragem para revalorizar a simetria, quando facilmente se pode imitar o falso assimétrico, uma das originalidades mais comuns. Minha simetria nos portais da igreja é concentrada, conseguida, mas não dogmática. É perpassada pela esperança de que duas assimetrias encontrar-se-ão na simetria. Esta como solução terceira: a síntese. Daí talvez o ar despojado dos portais, a delicadeza de coisa vivida e depois revivida, e não um certo arrojo inconsequente dos que não sabem. Não, não é propriamente tranquilidade o que está ali. Há uma dura luta pela coisa que apesar de corroída se mantém de pé. E nas cores mais densas há uma lividez daquilo que mesmo torto está de pé. Minhas cruzes são entortadas por séculos de mortificação. Os portais já são um prenúncio de altares? O silêncio dos portais. O esverdeamento deles toma um tom do que estivesse entre vida e morte, uma intensidade de crepúsculo.

E nas cores quietas há bronze velho e aço – e tudo ampliado por um silêncio de coisas perdidas e encontradas no chão da íngreme estrada. Sinto uma longa estrada e poeira até chegar ao pouso do quadro. Mesmo que os portais não se abram. Ou já é igreja o portal da igreja, e diante dele já se chegou?

Luto para não transpor o portal. São muros de um Cristo que está ausente, mas os muros estão ali e são tocáveis: pois as mãos também olham.

Crio o material antes de pintá-lo, e a madeira torna-se tão imprescindível para minha pintura como o seria para um escultor. E o material criado é religioso: tem o peso de vigas de convento. Compacto, fechado como uma porta fechada. Mas no portal foram esfoladas aberturas, rasgadas por unhas. E é através dessas brechas que se vê o que está dentro de uma síntese, dentro da simetria utópica. Cor coagulada, violência, martírio, são as vigas que sustentam o silêncio de uma simetria religiosa.

Mas agora estou interessada pelo mistério do espelho. Procuro um meio de pintá-lo ou falar dele com a palavra. Mas o que é um espelho? Não existe a palavra espelho, só existem espelhos, pois um único é uma infinidade de espelhos. Em algum lugar do mundo deve haver uma mina de espelhos? Espelho não é coisa criada e sim nascida. Não são precisos muitos para se ter a mina faiscante e sonambúlica: bastam dois, e um reflete o reflexo do que o outro refletiu, num tremor que se transmite em mensagem telegráfica intensa e muda, insistente, liquidez em que se pode mergulhar a mão fascinada e retirá-la escorrendo de reflexos dessa dura água que é o espelho. Como a bola de cristal dos videntes, ele me arrasta para o vazio que para o vidente é o seu campo de meditação, e em mim o campo de silêncios e silêncios. E mal posso falar, de tanto silêncio desdobrado em outros.

Espelho? Esse vazio cristalizado que tem dentro de si espaço para se ir para sempre em frente sem parar: pois espelho é o espaço mais fundo que existe. E é coisa mágica: quem tem um pedaço quebrado já poderia ir com ele meditar no deserto. Ver-se a si mesmo é extraordinário. Como um gato de dorso arrepiado, arrepio-me diante de mim. Do deserto também voltaria vazia, iluminada e translúcida, e com o mesmo silêncio vibrante de um espelho.

A sua forma não importa: nenhuma forma consegue circunscrevê-lo e alterá-lo. Espelho é luz. Um pedaço mínimo de espelho é sempre o espelho todo.

Tire-se a sua moldura ou a linha de seu recortado, e ele cresce assim como água se derrama.

O que é um espelho? É o único material inventado que é natural. Quem olha um espelho, quem consegue vê-lo vem se ver, quem entende que a sua profundidade consiste em ele ser vazio, quem caminha para dentro de seu espaço transparente sem deixar nele o vestígio da própria imagem

– esse alguém então percebeu o seu mistério de coisa. Para isso há de se surpreendê-lo quando está sozinho, quando pendurado num quarto vazio, sem esquecer que a mais tênue agulha diante dele poderia transformá-lo em simples imagem de uma agulha, tão sensível é o espelho na sua qualidade de reflexão levíssima, só imagem e não o corpo. Corpo da coisa.

Ao pintá-lo precisei de minha própria delicadeza para não atravessá-lo com minha imagem, pois espelho em que eu me veja já sou eu, só espelho vazio é que é o espelho vivo. Só uma pessoa muito delicada pode entrar no quarto vazio onde há um espelho vazio, e com tal leveza, com tal ausência de si mesma, que a imagem não marca. Como prêmio, essa pessoa delicada terá então penetrado num dos segredos invioláveis das coisas: viu o espelho propriamente dito.

E descobriu os enormes espaços gelados que ele tem em si, apenas interrompidos por um ou outro bloco de gelo. Espelho é frio e gelo. Mas há a sucessão de escuridões dentro dele – perceber isto é instante muito raro – e é preciso ficar à espreita dias e noites, em jejum de si mesmo, para poder captar e surpreender a sucessão de escuridões que há dentro dele. Com cores de preto e branco recapturei na tela sua luminosidade trêmula. Com o mesmo preto e branco recapturo também, num arrepio de frio, uma de suas verdades mais difíceis: o seu gélido silêncio sem cor. É preciso entender a violenta ausência de cor de um espelho para poder recriá-lo, assim como se recriasse a violenta ausência de gosto da água.

Não, eu não descrevi o espelho – eu fui ele. E as palavras são elas mesmas, sem tom de discurso.

Tenho que interromper para dizer que "X" é o que existe dentro de mim. "X" – eu me banho nesse isto. É impronunciável. Tudo que não sei está em "X". A morte? a morte é "X". Mas muita vida também pois a vida é impronunciável.

"X" que estremece em mim e tenho medo de seu diapasão: vibra como uma corda de violoncelo, corda tensa que quando é tangida emite eletricidade pura, sem melodia. O instante impronunciável. Uma sensibilidade outra é que se apercebe de "X".

Espero que você viva "X" para experimentar a espécie de sono criador que se espreguiça através das veias. "X" não é bom nem ruim. Sempre independe. Mas só acontece para o que tem corpo. Embora imaterial, precisa do corpo nosso e do corpo da coisa. Há objetos que são esse mistério total do "X". Como o que vibra mudo. Os instantes são estilhaços de "X" espocando sem parar. O excesso de mim chega a doer e quando estou excessiva tenho que dar de mim como o leite que se não fluir rebenta o seio. Livro-me da pressão e volto ao tamanho natural. A elasticidade exata. Elasticidade de uma pantera macia.

Uma pantera negra enjaulada. Uma vez olhei bem nos olhos de uma pantera e ela me olhou bem nos meus olhos. Transmutamo-nos. Aquele medo. Saí de lá toda ofuscada por dentro, o "X" inquieto. Tudo se passara atrás do pensamento. Estou com saudade daquele terror que me deu trocar de olhar com a pantera negra. Sei fazer terror.

"X" é o sopro do it? é a sua irradiante respiração fria? "X" é palavra? A palavra apenas se refere a uma coisa e esta é sempre inalcançável por mim. Cada um de nós é um símbolo que lida com símbolos – tudo ponto de apenas referência ao real. Procuramos desesperadamente encontrar uma identidade própria e a identidade do real. E se nos entendemos através do símbolo é porque temos os mesmos símbolos e a mesma experiência da coisa em si: mas a realidade não tem sinônimos.

Estou te falando em abstrato e pergunto-me: sou uma aria cantabile? Não, não se pode cantar o que te escrevo. Por que não abordo um tema que facilmente poderia descobrir? mas não: caminho encostada à parede, escamoteio a melodia descoberta, ando na sombra, nesse lugar onde tantas coisas acontecem. Às vezes escorro pelo muro, em lugar onde nunca bate sol. Meu amadurecimento de um tema já seria uma aria cantabile – outra pessoa que faça então outra música – a música do amadurecimento do meu quarteto. Este é antes do amadurecimento. A melodia seria o fato. Mas que fato tem uma noite que se passa inteira num atalho onde não tem ninguém e enquanto dormimos sem saber de nada? Onde está o fato? Minha história é de uma escuridão tranquila, de raiz adormecida na sua força, de odor que não tem perfume. E em nada disso existe o abstrato. É o figurativo do inominável. Quase não existe carne nesse meu quarteto. Pena que a palavra "nervos" esteja ligada a vibrações dolorosas, senão seria um quarteto de nervos. Cordas escuras que, tocadas, não falam sobre "outras coisas", não mudam de assunto – são em si e de si, entregam-se iguais como são, sem mentira nem fantasia.

Sei que depois de me leres é difícil reproduzir de ouvido a minha música, não é possível cantá-la sem tê-la decorado. E como decorar uma coisa que não tem história?

Mas te lembrarás de alguma coisa que também esta aconteceu na sombra. Terás compartilhado dessa primeira existência muda, terás como em tranquilo sonho de noite tranquila, escorrido com a resina pelo tronco de árvore. Depois dirás: nada sonhei. Será que basta? Basta sim. E sobretudo há nessa existência primeira uma falta de erro, e um tom de emoção de quem poderia mentir mas não mente. Basta? Basta sim.

Mas eu também quero pintar um tema, quero criar um objeto. E esse objeto será – um guarda-roupa, pois que há de mais concreto? Tenho que estudar o guarda-roupa antes de pintá-lo. Que vejo? Vejo que o guarda-roupa parece penetrável porque tem uma porta. Mas ao abri-la, vê-se que se adiou o penetrar: pois por dentro é também uma superfície de madeira, com uma porta fechada. Função do guarda-roupa: conservar no escuro os travestis. Natureza: a da inviolabilidade das coisas. Relação com pessoas: a gente se olha ao espelho da parte de dentro de sua porta, a gente se olha sempre em luz inconveniente porque o guarda-roupa nunca está em lugar adequado: desajeitado, fica de pé onde couber, sempre descomunal, corcunda, tímido e desastrado, sem saber como ser mais discreto, pois tem presença demais. Guarda-roupa é enorme, intruso, triste, bondoso.

Mas eis que se abre a porta-espelho – e eis que, ao movimento que a porta faz, e na nova composição do quarto em sombra, nessa composição entram frascos e frascos de vidro de claridade fugitiva.

Aí posso pintar a essência de um guarda-roupa. A essência que nunca é cantabile. Mas quero ter a liberdade de dizer coisas sem nexo como profunda forma de te atingir. Só o errado me atrai, e amo o pecado, a flor do pecado.

Mas como fazer se não te enterneces com meus defeitos, enquanto eu amei os teus. Minha candidez foi por ti pisada. Não me amaste, disto só eu sei. Estive só. Só de ti. Escrevo para ninguém e está-se fazendo um improviso que não existe. Descolei-me de mim.

E quero a desarticulação, só assim sou eu no mundo. Só assim me sinto bem.

Sinta-se bem. Eu na minha solidão quase vou explodir. Morrer deve ser uma muda explosão interna. O corpo não aguenta mais ser corpo. E se morrer tiver o gosto de comida quando se está com muita fome? E se morrer for um prazer, egoísta prazer?

Ontem eu estava tomando café e ouvi a empregada na área de serviço a pendurar roupa na corda e a cantar uma melodia sem palavras. Espécie de cantilena extremamente plangente. Perguntei-lhe de quem era a canção, e ela respondeu: é bobagem minha mesmo, não é de ninguém.

Sim, o que te escrevo não é de ninguém. E essa liberdade de ninguém é muito perigosa. É como o infinito que tem cor de ar.

Isto tudo que estou escrevendo é tão quente como um ovo quente que a gente passa depressa de uma mão para a outra e de novo da outra para a primeira a fim de não se queimar – já pintei um ovo. E agora como na pintura só digo: ovo e basta.

Não, nunca fui moderna. E acontece o seguinte: quando estranho uma pintura é aí que é pintura. E quando estranho a palavra aí é que ela alcança o sentido. E quando estranho a vida aí é que começa a vida. Tomo conta para não me ultrapassar. Há nisto tudo aqui grande contenção. E então fico triste só para descansar. Chego a chorar manso de tristeza. Depois levanto e de novo recomeço. Só não te contaria agora uma história porque no caso seria prostituição. E não escrevo para te agradar. Principalmente a mim mesma. Tenho que seguir a linha pura e manter não contaminado o meu it.

Agora te escreverei tudo o que me vier à mente com o menor policiamento possível. É que me sinto atraída pelo desconhecido. Mas enquanto eu tiver a mim não estarei só. Vai começar: vou pegar o presente em cada frase que morre. Agora:

Ah se eu sei que era assim eu não nascia. Ah se eu sei eu não nascia. A loucura é vizinha da mais cruel sensatez. Isto é uma tempestade de cérebro e uma frase mal tem a ver com outra. Engulo a loucura que não é loucura – é outra coisa. Você me entende? Mas vou ter que parar porque estou tão e tão cansada que só morrer me tiraria deste cansaço. Vou embora.

Voltei. Agora tentarei me atualizar de novo com o que no momento me ocorre – e assim criarei a mim mesma. É assim:

O anel que tu me deste era de vidro e se quebrou e o amor acabou. Mas às vezes em seu lugar vem o belo ódio dos que se amaram e se entredevoraram. A cadeira que está aí em frente me é um objeto. Inútil enquanto eu a olho. Diga-me por favor que horas são para eu saber que estou vivendo nesta hora. Estou me encontrando comigo mesma: é mortal porque só a morte me conclui. Mas eu aguento até o fim. Vou lhe contar um segredo: a vida é mortal. Vou ter que interromper tudo para te dizer o seguinte: a morte é o impossível e o intangível. De tal forma a morte é apenas futura que há quem não a aguente e se suicide. É como se a vida dissesse o seguinte: e simplesmente não houvesse o seguinte. Só os dois pontos à espera. Nós mantemos este segredo em mutismo para esconder que cada instante é mortal. O objeto cadeira me interessa. Eu amo os objetos à medida que eles não me amam. Mas se não compreendo o que escrevo a culpa não é minha. Tenho que falar porque falar salva. Mas não tenho nenhuma palavra a dizer. O que é que na loucura da franqueza uma pessoa diria a si mesma? Mas seria a salvação. Embora o terror da franqueza venha da parte das trevas que me ligam ao mundo e à criadora inconsciência do mundo. Hoje é noite de muita estrela no céu. Parou de chover. Eu estou cega. Abro bem os olhos e apenas vejo. Mas o segredo – este não vejo nem sinto. Estarei fazendo aqui verdadeira orgia de detrás do pensamento? orgia de palavras? A eletrola está quebrada. Olho a cadeira e desta vez foi como se ela também tivesse olhado e visto. O futuro é meu – enquanto eu viver. Vejo as flores na jarra. São flores do campo e que nasceram sem se plantar. São amarelas. Mas minha cozinheira disse: que flores feias. Só porque é difícil amar o que é franciscano. No atrás do meu pensamento está a verdade que é a do mundo. A ilogicidade da natureza. Que silêncio. "Deus" é de um tal enorme silêncio que me aterroriza. Quem terá inventado a cadeira? É preciso coragem para escrever o que me vem: nunca se sabe o que pode vir e assustar. O monstro sagrado morreu. Em seu lugar nasceu uma menina que era órfã de mãe. Bem sei que terei que parar. Não por falta de palavras mas porque estas coisas e sobretudo as que só penso e não escrevi – não se dizem. Vou falar do que se chama a experiência. É a experiência de pedir socorro e o socorro ser dado. Talvez valha a pena ter nascido para que um dia mudamente se implore e mudamente se receba. Eu pedi socorro e não me foi negado. Senti-me então como se eu fosse um tigre com flecha mortal cravada na carne e que estivesse rondando devagar as pessoas medrosas para descobrir quem teria coragem de aproximar-se e tirar-lhe a dor. E então há a pessoa que sabe que tigre ferido é apenas tão perigoso como criança. E aproximando-se da fera, sem medo de tocá-la, arranca a flecha fincada.

E o tigre? Não se pode agradecer. Então eu dou umas voltas vagarosas em frente à pessoa e hesito. Lambo uma das patas e depois, como não é a palavra que tem então importância, afasto-me silenciosamente.

O que sou neste instante? Sou uma máquina de escrever fazendo ecoar as teclas secas na úmida e escura madrugada. Há muito já não sou gente. Quiseram que eu fosse um objeto. Sou um objeto. Objeto sujo de sangue. Sou um objeto que cria outros objetos e a máquina cria a nós todos. Ela exige. O mecanicismo exige e exige a minha vida. Mas eu não obedeço totalmente: se tenho que ser um objeto, que seja um objeto que grita. Há uma coisa dentro de mim que dói. Ah como dói e como grita pedindo socorro. Mas faltam lágrimas na máquina que sou. Sou um objeto sem destino. Sou um objeto nas mãos de quem? tal é o meu destino humano. O que me salva é grito. Eu protesto em nome do que está dentro do objeto atrás do atrás do pensamento-sentimento. Sou um objeto urgente.

Agora – silêncio e leve espanto.

Porque às cinco da madrugada de hoje, 25 de julho, caí em estado de graça.

Foi uma sensação súbita, mas suavíssima. A luminosidade sorria no ar: exatamente isto. Era um suspiro do mundo. Não sei explicar assim como não se sabe contar sobre a aurora a um cego. É indizível o que me aconteceu em forma de sentir: preciso depressa de tua empatia. Sinta comigo. Era uma felicidade suprema.

Mas se você já conheceu o estado de graça reconhecerá o que vou dizer. Não me refiro à inspiração, que é uma graça especial que tantas vezes acontece aos que lidam com arte.

O estado de graça de que falo não é usado para nada. É como se viesse apenas para que se soubesse que realmente se existe e existe o mundo. Nesse estado, além da tranquila felicidade que se irradia de pessoas e coisas, há uma lucidez que só chamo de leve porque na graça tudo é tão leve. É uma lucidez de quem não precisa mais adivinhar: sem esforço, sabe. Apenas isto: sabe. Não me pergunte o quê, porque só posso responder do mesmo modo: sabe-se.

E há uma bem-aventurança física que a nada se compara. O corpo se transforma num dom. E se sente que é um dom porque se está experimentando, em fonte direta, a dádiva de repente indubitável de existir milagrosamente e materialmente.

Tudo ganha uma espécie de nimbo que não é imaginário: vem do esplendor da irradiação matemática das coisas e da lembrança de pessoas. Passa-se a sentir que tudo o que existe respira e exala um finíssimo resplendor de energia. A verdade do mundo, porém, é impalpável.

Não é nem de longe o que mal imagino deve ser o estado de graça dos santos. Este estado jamais conheci e nem sequer consigo adivinhá-lo. É apenas a graça de uma pessoa comum que a torna de súbito real porque é comum e humana e reconhecível.

As descobertas nesse sentido são indizíveis e incomunicáveis. E impensáveis. É por isso que na graça eu me mantive sentada, quieta, silenciosa. É como numa anunciação. Não sendo porém precedida por anjos. Mas é como se o anjo da vida viesse me anunciar o mundo.

Depois lentamente saí. Não como se estivesse estado em transe – não há nenhum transe – sai-se devagar, com um suspiro de quem teve tudo como o tudo é. Também já é um suspiro de saudade. Pois tendo experimentado ganhar um corpo e uma alma, quer-se mais e mais. Inútil querer: só vem quando quer e espontaneamente.

Essa felicidade eu quis tornar eterna por intermédio da objetivação da palavra. Fui logo depois procurar no dicionário a palavra beatitude que detesto como palavra e vi que quer dizer gozo da alma. Fala em felicidade tranquila – eu chamaria porém de transporte ou de levitação. Também não gosto da continuação no dicionário que diz: "de quem se absorve em contemplação mística". Não é verdade: eu não estava de modo algum em meditação, não houve em mim nenhuma religiosidade. Tinha acabado de tomar café e estava simplesmente vivendo ali sentada com um cigarro queimando-se no cinzeiro.

Vi quando começou e me tomou. E vi quando foi se desvanecendo e terminou. Não estou mentindo. Não tinha tomado nenhuma droga e não foi alucinação. Eu sabia quem era eu e quem eram os outros.

Mas agora quero ver se consigo prender o que me aconteceu usando palavras. Ao usá-las estarei destruindo um pouco o que senti – mas é fatal. Vou chamar o que se segue de "À margem da beatitude". Começa assim, bem devagar:

Quando se vê, o ato de ver não tem forma – o que se vê às vezes tem forma, às vezes não. O ato de ver é inefável. E às vezes o que é visto também é inefável. E é assim certa espécie de pensar-sentir que chamarei de "liberdade", só para lhe dar um nome. Liberdade mesmo – enquanto ato de percepção – não tem forma. E como o verdadeiro pensamento se pensa a si mesmo, essa espécie de pensamento atinge seu objetivo no próprio ato de pensar. Não quero dizer com isso que é vagamente ou gratuitamente. Acontece que o pensamento primário – enquanto ato de pensamento – já tem forma e é mais facilmente transmissível a si mesmo, ou melhor, à própria pessoa que o está pensando; e tem por isso – por ter forma – um alcance limitado. Enquanto o pensamento dito "liberdade" é livre como ato de pensamento. É livre a um ponto que ao próprio pensador esse pensamento parece sem autor.

O verdadeiro pensamento parece sem autor.

E a beatitude tem essa mesma marca. A beatitude começa no momento em que o ato de pensar liberou-se da necessidade de forma. A beatitude começa no momento em que o pensar-sentir ultrapassou a necessidade de pensar do autor – este não precisa mais pensar e encontra-se agora perto da grandeza do nada. Poderia dizer do "tudo". Mas "tudo" é quantidade, e quantidade tem limite no seu próprio começo. A verdadeira incomensurabilidade é o nada, que não tem barreiras e é onde uma pessoa pode espraiar seu pensar-sentir.

Essa beatitude não é em si leiga ou religiosa. E tudo isso não implica necessariamente no problema da existência ou não existência de um Deus. Estou falando é que o pensamento do homem e o modo como esse pensar-sentir pode chegar a um grau extremo de incomunicabilidade – que, sem sofisma ou paradoxo, é ao mesmo tempo, para esse homem, o ponto de comunicabilidade maior. Ele se comunica com ele mesmo.

Dormir nos aproxima muito desse pensamento vazio e no entanto pleno. Não estou falando do sonho que, no caso, seria um pensamento primário. Estou falando em dormir. Dormir é abstrair-se e espraiar-se no nada.

Quero também te dizer que depois da liberdade do estado de graça também acontece a liberdade da imaginação. Agora mesmo estou livre.

E acima da liberdade, acima de certo vazio crio ondas musicais calmíssimas e repetidas. A loucura do invento livre. Quer ver comigo? Paisagem onde se passa essa música? ar, talos verdes, o mar estendido, silêncio de domingo de manhã. Um homem fino de um pé só tem um grande olho transparente no meio da testa. Um ente feminino se aproxima engatinhando, diz com voz que parece vir de outro espaço, voz que soa não como a primeira voz mas em eco de uma voz primeira que não se ouviu. A voz é canhestra, eufórica e diz por força do hábito de vida anterior: quer tomar chá? E não espera resposta. Pega uma espiga delgada de trigo de ouro, e a põe entre as gengivas sem dentes e se afasta de gatinhas com os olhos abertos. Olhos imóveis como o nariz. É preciso mover toda a cabeça sem ossos para fitar um objeto. Mas que objeto? O homem fino enquanto isso adormeceu sobre o pé e adormeceu o olho sem no entanto fechá-lo. Adormecer o olho trata-se de não querer ver. Quando não vê, ele dorme. No olho silente se reflete a planície em arco-íris. O ar é de maravilha. As ondas musicais recomeçam. Alguém olha as unhas. Há um som que de longe faz: psiu! psiu!... Mas o homem-do-pé-só nunca poderia imaginar que o estão chamando. Inicia-se um som de lado, como a flauta que sempre parece tocar de lado – inicia-se um som de lado que atravessa as ondas musicais sem tremor, e se repete tanto que termina por cavar com sua gota ininterrupta a rocha. É um som elevadíssimo e sem frisos. Um lamento alegre e pausado e agudo como o agudo não estridente e doce de uma flauta. É a nota mais alta e feliz que uma vibração poderia dar. Nenhum homem da terra poderia ouvi-lo sem enlouquecer e começar a sorrir para sempre. Mas o homem de pé sobre o único pé – dorme reto. E o ser feminino estendido na praia não pensa. Um novo personagem atravessa a planície deserta e desaparece mancando. Ouve-se: psiu; psiu! E chama-se ninguém.

Acabou-se agora a cena que minha liberdade criou.

Estou triste. Um mal-estar que vem do êxtase não caber na vida dos dias. Ao êxtase devia se seguir o dormir para atenuar a sua vibração de cristal ecoante. O êxtase tem que ser esquecido.

Os dias. Fiquei triste por causa desta luz diurna de aço em que vivo. Respiro o odor de aço no mundo dos objetos.

Mas agora tenho vontade de dizer coisas que me confortam e que são um pouco livres. Por exemplo: quinta-feira é um dia transparente como asa de inseto na luz. Assim como segunda-feira é um dia compacto. No fundo, bem atrás do pensamento, eu vivo dessas ideias, se é que são ideias. São sensações que se transformam em ideias porque tenho que usar palavras. Usá-las mesmo mentalmente apenas. O pensamento primário pensa com palavras. O "liberdade" liberta-se da escravidão da palavra.

E Deus é uma criação monstruosa. Eu tenho medo de Deus porque ele é total demais para o meu tamanho. E também tenho uma espécie de pudor em relação a Ele: há coisas minhas que nem Ele sabe. Medo? Conheço um ela que se apavora com borboletas como se estas fossem sobrenaturais. E a parte divina das borboletas é mesmo de dar terror. E conheço um ele que se arrepia todo de horror diante de flores – acha que as flores são assombradamente delicadas como um suspiro de ninguém no escuro.

Eu é que estou escutando o assobio no escuro. Eu que sou doente da condição humana. Eu me revolto: não quero mais ser gente. Quem? quem tem misericórdia de nós que sabemos sobre a vida e a morte quando um animal que eu profundamente invejo – é inconsciente de sua condição? Quem tem piedade de nós? Somos uns abandonados? uns entregues ao desespero? Não, tem que haver um consolo possível. Juro: tem que haver. Eu não tenho é coragem de dizer a verdade que nós sabemos. Há palavras proibidas.

Mas eu denuncio. Denuncio nossa fraqueza, denuncio o horror alucinante de morrer – e respondo a toda essa infâmia com – exatamente isto que vai agora ficar escrito – e respondo a toda essa infâmia com a alegria. Puríssima e levíssima alegria. A minha única salvação é a alegria. Uma alegria atonal dentro do it essencial. Não faz sentido? Pois tem que fazer. Porque é cruel demais saber que a vida é única e que não temos como garantia senão a fé em trevas – porque é cruel demais, então respondo com a pureza de uma alegria indomável. Recuso-me a ficar triste. Sejamos alegres. Quem não tiver medo de ficar alegre e experimentar uma só vez sequer a alegria doida e profunda terá o melhor de nossa verdade. Eu estou – apesar de tudo oh apesar de tudo – estou sendo alegre neste instante-já que passa se eu não fixá-lo com palavras. Estou sendo alegre neste mesmo instante porque me recuso a ser vencida: então eu amo. Como resposta. Amor impessoal, amor it, é alegria: mesmo o amor que não dá certo, mesmo o amor que termina. E a minha própria morte e a dos que amamos tem que ser alegre, não sei ainda como, mas tem que ser. Viver é isto: a alegria do it. E conformar-me não como vencida mas num allegro com brio.

Aliás não quero morrer. Recuso-me contra "Deus". Vamos não morrer como desafio?

Não vou morrer, ouviu, Deus? Não tenho coragem, ouviu? Não me mate, ouviu? Porque é uma infâmia nascer para morrer não se sabe quando nem onde. Vou ficar muito alegre, ouviu? Como resposta, como insulto. Uma coisa eu garanto: nós não somos culpados. E preciso entender enquanto estou viva, ouviu? porque depois será tarde demais.

Ah este flash de instantes nunca termina. Meu canto do it nunca termina? Vou acabá-lo deliberadamente por um ato voluntário. Mas ele continua em improviso constante, criando sempre e sempre o presente que é futuro.

Este improviso é.

Quer ver como continua? Esta noite – é difícil te explicar – esta noite sonhei que estava sonhando. Será que depois da morte é assim? o sonho de um sonho de um sonho de um sonho?

Sou herege. Não, não é verdade. Ou sou? Mas algo existe.

Ah viver é tão desconfortável. Tudo aperta: o corpo exige, o espírito não para, viver parece ter sono e não poder dormir – viver é incômodo. Não se pode andar nu nem de corpo nem de espírito.

Eu não te disse que viver é apertado? Pois fui dormir e sonhei que te escrevia um largo majestoso e era mais verdade ainda do que te escrevo: era sem medo. Esqueci-me do que no sonho escrevi, tudo voltou para o nada, voltou para a Força do que Existe e que se chama às vezes Deus.

Tudo acaba mas o que te escrevo continua. O que é bom, muito bom. O melhor ainda não foi escrito. O melhor está nas entrelinhas.

Hoje é sábado e é feito do mais puro ar, apenas ar. Falo-te como exercício profundo, e pinto como exercício profundo de mim. O que quero agora escrever? Quero alguma coisa tranquila e sem modas. Alguma coisa como a lembrança de um monumento alto que parece mais alto porque é lembrança. Mas quero de passagem ter realmente tocado no monumento. Vou parar porque é sábado.

Continua sábado.

Aquilo que ainda vai ser depois – é agora. Agora é o domínio de agora. E enquanto dura a improvisação eu nasço.

E eis que depois de uma tarde de "quem sou eu" e de acordar à uma hora da madrugada ainda em desespero – eis que às três horas da madrugada acordei e me encontrei. Fui ao encontro de mim. Calma, alegre, plenitude sem fulminação. Simplesmente eu sou eu. E você é você. É vasto, vai durar.

O que te escrevo é um "isto". Não vai parar: continua.

Olha para mim e me ama. Não: tu olhas para ti e te amas. É o que está certo.

O que te escrevo continua e estou enfeitiçada.

POSFÁCIO

ÁGUA DE BEBER: *ÁGUA VIVA*

0

Procuro um ponto de observação onde me instale para escrever alguma nota sobre *Água viva*. Quanto mais me aproximo e releio, mais sou arrastado para dentro de seu fluxo. Esforço-me, tento emergir, mas tudo o que digo devolve-me à correnteza. Permaneço, portanto, enredado, condenado à paráfrase ou à tautologia.

Vou ao Evangelho de São João, à conhecida passagem em que Jesus, depois de uma longa e exaustiva caminhada, senta-se à beira de um poço e diz a certa mulher que viera ali para tirar água: "Dá-me de beber." A mulher contesta, perguntando-lhe como é que ele, judeu, podia pedir água a uma samaritana. Jesus lhe responde: "Se conhecesses o dom de Deus e quem é que te diz 'dá-me de beber', tu é que lhe pedirias a ele. E ele dar-te-ia água viva."[1]

E se tentasse me aproximar do livro ajudado por algo que funcione como um anteparo? Terei de inventar um método, um instrumento.

[1] *Bíblia*, João, 4,10, trad. Frederico Lourenço, Lisboa: Quetzal, 2016, p. 337.

1

Então começo esta breve leitura referindo-me a um caso bastante conhecido da biografia de Jackson Pollock, o legendário pintor norte-americano. Trata-se do dia em que Lee Krasner, sua futura mulher, apresentou-lhe um ex-professor, o também pintor Hans Hofmann, que, após examinar as telas amontoadas no estúdio do jovem Pollock – era 1942 –, constatou: "Você não trabalha a partir da natureza!" A réplica veio rápida: "Eu sou a natureza."

Cito ainda alguns desdobramentos em torno do breve enredo.

Krasner, anos mais tarde numa entrevista, lembraria daquele evento como revelador de um contraste entre dois conceitos: de um lado, a pintura derivada do cubismo, representada pelo artista que se senta e observa a natureza que está *lá fora*; de outro lado, o pintor que se guia por uma nova postura e, ao contrário, reivindica *uma unidade*.[2]

Mais recentemente, o crítico de arte Robert Kudielka retomou a mesma conversa entre Hofmann e Pollock para afirmar que a "réplica petulante" deste último fora uma confissão que só se desvendaria de todo nas telas do final dos anos 1940, e que a natureza reivindicada por ele, diferentemente da proposição surrealista, não era a "musa cega do inconsciente". O crítico ainda considera que o pintor, ao dizer "eu sou a natureza", deixava patente sua posição: nem observador – aquele que se põe diante das coisas – nem o olho que pensa em contornos, mas "aquele que age, que busca orientar-se e articular-se em meio a seus ilimitados embaraços, indiferente à distinção teórica entre natureza e

[2] Bruce Glaser, "Jackson Pollock: An Interview with Lee Krasner", Arts Magazine, abril, 1967. In.: *Jackson Pollock: interviews, Articles, and Reviews*. Ed. Pepe Karmel, New York: The Museum of Modern Art, p. 28.

espírito, como deve proceder o artista, embora só o possa até certo grau, numa proporção humana".[3]

Em *Água viva*, Clarice Lispector criou uma narradora que parece falar como Pollock: "Eu sou a natureza." Aproximo com liberdade, portanto, uma voz ficcional e uma voz não ficcional: uma pintora e um pintor, ambos dedicados *à arte* abstrata.

2

Em novembro de 1945, Pollock mudou-se da cidade de Nova York para uma casa em Springs, área rural de East Hampton, na costa sul de Long Island. Após a mudança, suas telas tornaram-se mais luminosas e passaram a fazer alusões ao mundo a sua volta. Mas as referências figurativas à fauna e à flora da região apenas se entreveem nas densas camadas conseguidas num processo em que se abandonou o pincel e a tinta passou a ser usada direto do recipiente para o tecido, onde era arrastada em direções e ritmos vários pela ação de espátulas, facas, pedaços de madeira. O tempo se fez movimento, o espaço se tornou espesso. E não bastavam as sobreposições de tinta nas grandes telas, havia também areia, cacos de vidro, tampas de garrafa, botões de roupa, chaves, moedas, cigarros.

Dois anos depois da ida para Springs, Pollock realizou uma série de pinturas importantes que tiveram como motor uma experiência inédita e marcante para ele: a visão do céu densamente estrelado.[4] Os títulos apontam para tal des-

---

[3] Robert Kudielka, "Abstração como antítese; o sentido da contraposição na pintura de Piet Mondrian e Jackson Pollock". Trad. José Marcos Macedo. *Novos estudos*. São Paulo: CEBRAP, nº 51, julho 1998, p. 26.

[4] Sobre as pinturas "estelares" de Pollock, é revelador o ensaio de Kirsten A. Hoving, "Jackson Pollock's 'Galaxy': Outer Space and Artist's Space in Pollock's Cosmic Paintings." *American Art*, vol. 16, nº 1, Chicago: The University of Chicago Press, 2002, pp. 82–93.

lumbramento: *Galáxia, Reflexo da Ursa Maior, Estrela cadente, Cometa.*[5] A constante visão do firmamento carregado de estrelas ocorreu no mesmo período em que o artista passou a pintar com a tela estendida no piso do ateliê. A contemplação do alto coincidiu, portanto, com a necessidade de o trabalho se fazer com o olhar voltado para o chão. Deslocaram-se a tela, o sujeito, e com isso teve início uma compreensão nova do espaço.

Outras telas também ganharam títulos que apontavam para a natureza[6] – *Floresta encantada, Mudança do mar, Fosforescência* – ou para uma espécie de sedução mística, ou mítica – *Alquimia, Lúcifer, Catedral.*[7]

Pode-se dizer, portanto, que Hans Hoffman, ao se deparar com as pinturas abstratas de Pollock, não percebeu que, de um modo muito especial, sim, ele trabalhava a partir da natureza. Mas, para retomar a imagem criada por Lee Krasner, o pintor não sentava e observava o mundo *lá fora*. Entre ele e as coisas havia uma aliança bem mais estreita, muito além da observação objetiva, distanciada. Pintor e natureza formavam – até onde isso era possível – uma coisa só: *uma unidade*. Em vez da presença realista, descritiva ou figurativa de seres e coisas, há nas telas de Pollock espaços profundos, ritmos avassaladores, fluxos vitais, uma energia

---

[5] Os títulos originais são: *Galaxy, Reflection of the Big Dipper, Shooting Star* e *Comet.*

[6] Conforme Ellen Landau, os títulos das obras, expostas na Betty Parsons Gallery, New York, em 1948, foram dados por Ralph Manheim, poeta e tradutor, amigo de Pollock. Lee Krasner confirmaria tal informação, observando que Pollock aprovou os títulos definitivos, escolhendo apenas aqueles que se ajustavam à experiência de cada pintura e servissem às associações que ele desejava criar. Enfim, Pollock só aceitava sugestões de títulos que se encaixassem com suas ideias. No caso, os títulos e seus significados evocam a potência das metamorfoses dos organismos naturais, bem como as paisagens e o cosmos. Cf. Ellen Landau, Jackson Pollock, New York: Abrams, 1989, pp. 169-77.

[7] Os títulos originais são: *Enchanted Forest, Sea Change, Phosphorescence, Alchemy, Lucifer, Cathedral.*

dinâmica que parece nascer do abandono de si, ou ainda, de uma impessoalidade. O pintor é a natureza.

3

Não me proponho a imaginar os quadros pintados pela narradora de *Água viva*. Pelo menos não exatamente isso. Mas estamos diante de uma pintora que, como ela mesma diz, trocou, pela primeira vez, a tela pela escrita, e assim podemos supor – ou imaginar – que esta última terá guardado algum sinal da primeira. É esta sua *presença* que interessa, e não a sua *ausência*, ou ainda, não a sua carência de realidade num espaço exterior à escrita.

Na palavra – *no modo como ela é dita* –, diviso *afinidades* com a pintura de Jackson Pollock, resguardando-se que esta será tratada aqui sem as minúcias profissionais da crítica, mas apenas vislumbrada em conjunto – convertida em instrumento.

4

A narradora de *Água viva* não nos diz seu nome. O efeito de tal supressão da identidade é intensificado pelo constante e avassalador impulso que projeta um mundo de palavras que não apenas designam a natureza, mas no qual elas mesmas emergem como matérias vivas. Aquela que escreve é uma espécie de agente mecânico que executa algo que a transborda. A irradiação das frases parece surgida de uma força centrífuga, acionada na própria escrita, e com isso certas insígnias da identidade – nome, idade, profissão, traços físicos, psicológicos e biográficos – simplesmente não aparecem ou se mostram baralhadas, desagregadas na composição geral, mais ou menos como restos de uma vivência que se quer expressar livre de codificações. Diria que são vestígios, mas não sei o quanto parecerá aleatório trazer aqui a lembrança dos pregos, dos botões de roupa, dos cigarros e das chaves incorporadas por Pollock em suas telas.

Alcançar na escrita algo que corresponda à pintura – sua materialidade e abstração – é o desejo da narradora de *Água viva*. Como não lida por ora com tintas ou, ainda, com as cores – matérias puras –, tentará descobrir *em ato* até que ponto é exequível tocar com palavras as coisas. A força primeira – primária – do texto é esse empenho na realização de uma *imediatidade sensorial*.

Se a efetivação plena de tal programa – escrever como se pinta, fazer abstrações com palavras, tatear as coisas com dizê-las – é inviável, a impossibilidade abre, por outro lado, o amplo caminho da investigação. Ou seja, no fracasso inexorável do projeto manifesta-se uma perturbadora liberdade, expressa em ritmo impetuoso, que suspende dicotomias como intuição e trabalho, automatismo e consciência. *Água viva* é um texto de comovente experimentação.

5

Fluxo, velocidade, impulso, dissipação, choque. Estamos, porém, diante de uma espontaneidade planejada. O acaso não controla a criação – participa dela. Mas se as forças que criam arranjos – frases, fragmentos, agrupamentos temáticos – aparentemente livres de um plano não dominam a cena, elas obrigam a que se lhes responda. Daí a permanente vigilância, a lucidez não raro exasperante, que se assemelha mesmo a um transe. Trata-se de uma necessidade de *responder* ao próprio ato. Com isso, gera-se um ritmo, uma sintaxe, um efeito construtivo.

Como Pollock, a narradora de *Água viva* é aquela que *age*: em meio a inumeráveis obstáculos, descobre caminhos enquanto avança, libertando-se, a cada passo, da incômoda distinção entre natureza e espírito. Mas se o leitor de *Água viva* presencia o acionamento de forças que parecem ilimitadas, assistirá por isso mesmo à exposição franca dos impedimentos que demarcam as *últimas fronteiras* da proporção humana. A forma – frase, fala, discurso, narrativa – surge exatamente dessa luta, na qual os próprios meios expressivos são, paradoxalmente, um estorvo insuperável.

6

A matéria reproduz o ato, o gesto guarda a mão que o faz, o ritmo sintoniza com o pulso que o persegue. Quase em sobressalto, flagramos na impessoalidade o comparecimento do que sentimos como um *corpo* – que, no entanto, parece idêntico apenas ao gesto que o expõe, sem qualquer alusão a algo que se ache fora da operação criador-obra. Para Robert Kudielka, a pintura de Pollock, em sua fatura fluídica e revolta, gera na superfície uma dinâmica que reconduz diretamente ao artista: "Ação e agente aproximam-se no ato da pintura até tornarem-se indistintos." Penso que tal operação – refiro-me a Pollock e a *Água viva* – permanece no campo da impessoalidade, na medida em que o corpo não é ali senão instrumento da ação.

Mas essa espécie de harmonia perfeita, ou de inteireza, não exclui a tensão. Diante das telas de Pollock, deparamos com a extrema violência, compreendida não como traço psicológico do criador, conforme certa mitologia fundada em torno dele, mas como elemento predominante na fatura das obras. Refiro-me ao extremo retesamento da *ação* e do *agente* como traço constitutivo daquele organismo único, quando ambos se mostram indiferenciados. A harmonia, ou interação, ocorre na medida do embate, do campo de forças e resistências, como se o novo organismo vital – *ação--agente* – surgisse da morte, e esta resultasse do embate, não de qualquer tipo de desistência. E se acabo de utilizar o verbo *resultar*, pondero que ele não é o mais apropriado, pois a morte não resulta da peleja, ela é o que se constrói enquanto dura aquele dispêndio de forças que é a um só tempo trabalho e luta, lubricidade e ritual místico.

Na volúpia das construções pollockianas, há uma relação absorvente entre todos os elementos implicados na criação, sem oportunidades para a debilitação da energia. "O que escrevo é um só clímax?", pergunta espantada a narradora de *Água viva*. Pollock poderia dizer como ela – sua pintura dá a ver um estado de clímax permanente.

7

O olho rápido verá naqueles quadros o preenchimento extravagante da tela, o aniquilamento do espaço e a desordem do caos. Diante da exacerbação de *Água viva*, a primeira leitura chegaria decerto a remate semelhante.

Mas seria preciso voltar àquelas superfícies magníficas. O exame demorado corrigiria as impressões ligeiras para reconhecer, então, a sôfrega procura pelo vazio e a consequente elaboração de um espaço impessoal, onde se engendra, sim, uma *ordem*, e onde o sorvedouro gestual parece animar-se pelas leis que sustentam as formas e os ritmos da natureza, os ciclos infinitos da vida e da morte. Será possível constatar, por fim, que os percursos de cor mais agitados e suntuosos como que se originam de uma vida material em decomposição, bem como da atemporalidade da matéria bruta.

Passa-se algo muito semelhante com o livro de Clarice, e falo de sua dimensão propriamente formal. O emaranhado sintático, a propagação discursiva, os efeitos de automatismo fragmentário, as imagens que parecem irromper de um estado de arrebatamento, o uso perdulário dos adjetivos como manifestações da matéria – em tudo vê-se uma "profunda desordem orgânica que no entanto dá a pressentir uma ordem subjacente".[8] Escrever será meter-se no subterrâneo da linguagem, afundar, embrenhar, escavar o mundo com palavras até atingir um mundo silencioso e atemporal em que se confundem vida e morte, orgânico e inorgânico: "E se muitas vezes pinto grutas é que elas são o meu mergulho na terra, escuras mas nimbadas de claridade, e eu, sangue da natureza – grutas extravagantes e perigosas, talismã da Terra, onde se unem estalactites, fósseis e pedras, e onde os bichos que são doidos pela sua própria natureza maléfica procuram refúgio. As grutas são o meu inferno."

O crítico de arte T. J. Clark vê nas pinturas de Jackson Pollock um estreito relacionamento com a morte, compreendida como "proposição formal", referindo-se a uma "constante (fecunda) busca do vazio, da infinitude, do não humano e do inorgânico".[9] Tais termos parecem extraídos diretamente do texto de *Água viva*.

Pintor e narradora-pintora procuram o mesmo, aquilo que ela nomeia com uma palavra que se quer *aquém* da palavra – "it" –, concebida como a mais plena realização dizível de tudo o que não se pode dizer, de tudo o que está *além*

---

[8] *Água viva*, p. 22.

[9] "(...) *constant (fruitful) drive toward emptiness, endlessness, the nonhuman and the inorganic.*" T. J. Clark, "Defense of Abstract Expressionism". In. *October*, vol. 69, Cambridge: MIT Press, Summer, 1994, p. 32. O ensaio foi publicado no Brasil em T. J. Clark, *Modernismos*, org. Sônia Salzstein; trad. Vera Pereira; São Paulo, CosacNaify, 2007.

da palavra e além mesmo da manifestação pictórica, ainda que abstrata.

8

As frases de *Água viva* são estruturas compactas, conexas, onde fragmentos se combinam graças ao retesamento extremo entre dispersão e concentração. Manifestam-se como células plásticas e sonoras constituídas de modo orgânico em fluxo associativo. Em vez de sentidos completos, imprimem-se como sequências abertas, sinuosas, irregulares, porém em rigorosa harmonia.

A malha discursiva surge da associação de elementos dispersos num processo que podemos imaginar vagamente como uma série de explosões da consciência, cujo efeito repercute na escrita como um abalo na disposição das palavras nas frases, das frases no discurso e, sobretudo, na relação lógica das sentenças entre si. Mas se a desordem permanente exige um processo também constante de reconstituição da linguagem, a restauração, contudo, desprezará o passo a passo das operações prosaicas e saltará sobre os estágios intermediários e parciais da coerência característica da antiga ordem, instalando construções inusitadas e de atordoante beleza que, no entanto, podem ser abandonadas no gesto seguinte, graças ao desejo implacável de conhecer, investigar e desvendar as possibilidades do que é dizível. Com a radicalidade da mística e do erotismo, abandonam-se as comodidades da sintaxe comedida, das sequências discursivas regulares, e quanto maiores se afiguram os perigos do desregramento, mais apaixonante se dá o exercício de procura por uma ordem – existencial e textual – nascida da experiência da desordem. As frases não traduzem experiências – elas são a experiência.

O trânsito sintático gera aproximações repentinas, insólitas, e as imagens aparecem como manifestações de uma natureza prodigiosa ativada na própria palavra. Tudo é instável nesse agrupamento em constelação, no qual a fala se processa em multiplicação que tende ao infinito. A concisão e o tom grave, por exemplo, projetam sentenças que soam como iluminações, mas logo suas verdades podem resvalar sob a força de novos estímulos, tomar outros rumos, e não será improvável que a enunciação que se segue venha modelada em fala trivial e doméstica. E se, repetidamente, axiomas extravagantes se entrechocam no curso de *Água viva*, tal disposição oratória opera bem além da simples contradição. Trata-se, antes, de *flutuação*: indeterminações do olhar, ductilidade da fala, onda, espasmo, mobilidade das sensações, mimetismo do dito com o visto, mutações discursivas, circuitos vivenciais errantes. A escrita é um ato no presente e as imagens repercutem a própria vivência da liberdade.

Nesse sentido, as disposições afetivas, somáticas, anímicas convocadas pela narradora são sempre as mais extremas – da alegria à sensação de morte –, pois os sentimentos não se manifestam como traços de um retrato, ou ainda, de um *isto* representável, nem participam de uma sabedoria estável: são estados que empurram o sujeito para fora de si.

9

Se o texto de *Água viva* se quer abstrato como forma e material como presença no mundo, lê-lo supõe que ambas as dimensões se mantenham e se ativem. Imagino a leitura ideal deste livro como exercício de aproximação que, paradoxalmente, se coloque a distância; que, desprendida da caça ao significado, seja um ato da visão, um procedimento físico, uma atividade que implica a fisiologia antes da compreensão. Uma leitura que seja, a um só tempo, sinestésica – ativação de uma rede de percepções intercambiáveis – e cenestésica – reação somática profunda.

O próprio texto explicitará tal disposição, convertendo-nos em *tu*: "Este texto que te dou não é para ser visto de perto: ganha uma secreta redondez antes invisível quando é visto de um avião em alto voo. Então adivinha-se o jogo das ilhas e veem-se canais e mares. Entende-me: escrevo-te uma onomatopeia, convulsão da linguagem. Transmito-te não uma história mas apenas palavras que vivem do som."

Ler como se víssemos – e ouvíssemos – um quadro de Pollock. Em *Água viva*, estamos próximos do que seria, na escrita, um expressionismo abstrato.

10

O horizonte desejado é, portanto, escrita e leitura livres de significados; o estado bruto da visão; o corpo como absoluto estar no mundo. Tal pesquisa invoca o abstrato e o inanimado, a irracionalidade e o desconhecido, toda a enigmática vida não humana, a inteligência animal, a sedução silenciosa dos vegetais, o orgânico, o inorgânico, o repugnante e o monstruoso, o invisível, os espaços-tempos infinitos, os vazios, mundos inatingíveis por meio da razão, inalcançáveis até mesmo para a imaginação; enfim, a irrepresentável força ativa que instalou e que mantém a ordem natural de tudo o que existe.

Esse encontro radical com a fisicidade do mundo concilia a arte com práticas e saberes voltados para o conhecimento e a manipulação de forças impessoais que se manifestam na natureza. Se a convocação da magia, do sacrifício, do Deus, dos rituais místicos e das experiências humanas mais primordiais frente à natureza e ao desconhecido é uma constante no livro de Clarice Lispector, as pinturas de Pollock – e nem era necessário que algumas ostentassem nomes como *Alquimia, Lúcifer, Catedral* – também se realizam como essa errante e resoluta teurgia em que a expressão criadora equivale a um exercício hermético-alquímico.

11

É como se, sedentos, disséssemos ao mundo: "Dá-me de beber." E porque fossem palavras mágicas, uma fonte se abre, em água viva.

— EUCANAÃ FERRAZ

Este livro, publicado em nova edição no quadro das comemorações do centenário de nascimento de Clarice Lispector, foi impresso com as fontes Didot e Akzidenz Grotesk.